Wien!

für Silvia

Wien!

Fotos von
Lois Lammerhuber

kommentiert von
Wienern und
assimilierten Nichtwienern
skeptischen Einheimischen
enthusiastischen Zugezogenen
und diese Stadt
diskret Liebenden

Essay von
Alfred Komarek

EDITION WIEN

Der Himmel zwischen Naturhistorischem Museum, Hofburg und Michaelerkirche ist voll Geschichte und Geschichten

Der Kanzelfuß
im Stephansdom
mit dem steinernen
Selbstbildnis
Anton Pilgrams
als Fenstergucker

Schauplatz multikultureller Politik: Das Vienna International Centre

John de Andrea
stellt im
Kunsthaus Wien aus

Für das Bild im Speisesaal der Mechitaristen standen dem Maler
Schnorr von Carolsfeld vor 140 Jahren armenische Benediktinermönche Modell

Mit Hund und Katz
im Stadtpark

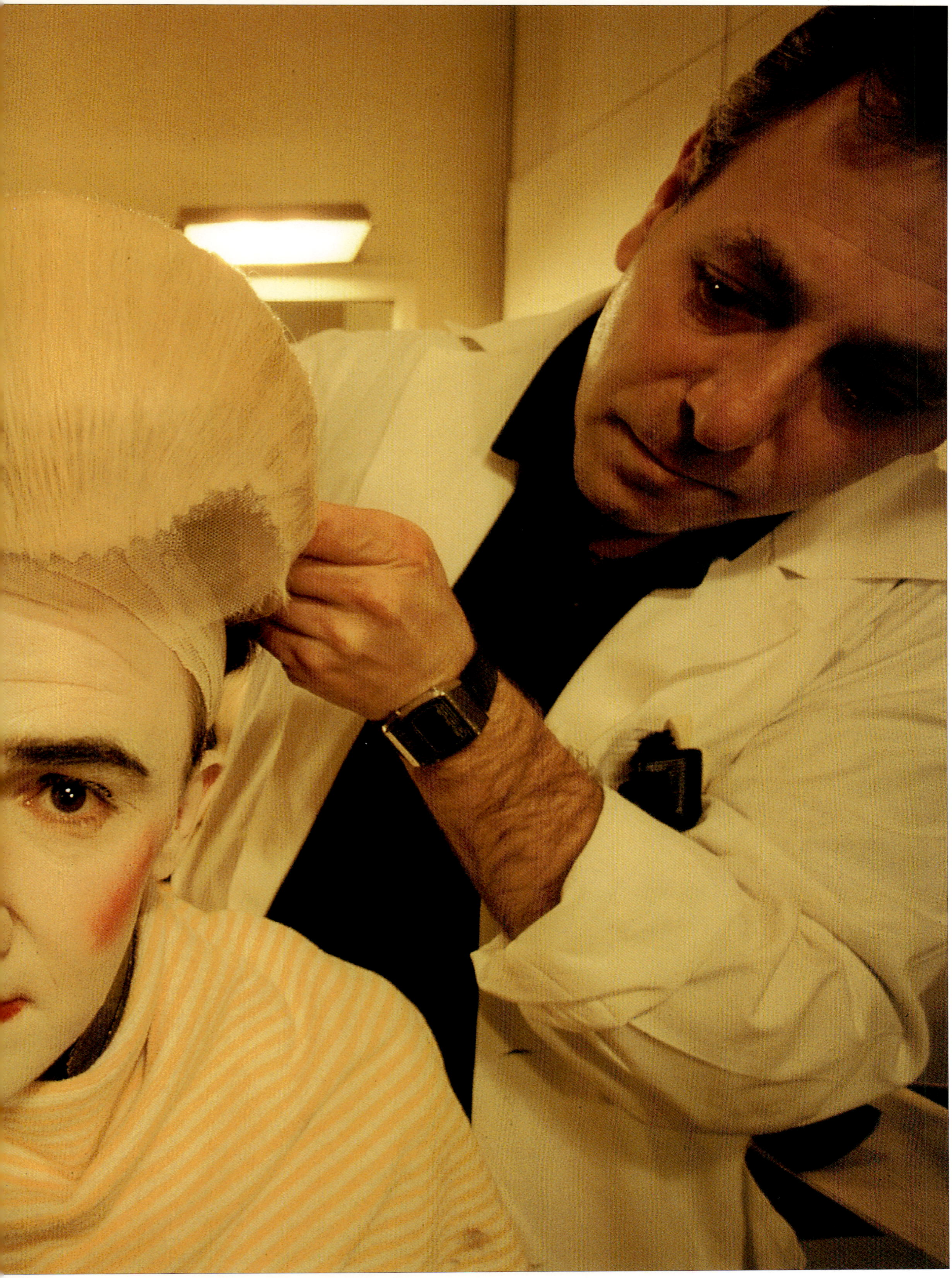

Maske im Theater in der Josefstadt

Das Saunabecken im Amalienbad

Opernballgesellschaft

Das Musikfilmfestival auf dem Rathausplatz

Wien?

Wien ist seinem Wesen dort am nächsten, wo man es am wenigsten vermuten würde; in Simmering zum Beispiel. Dort, in Kaiserebersdorf, steht ein Schloß, in dem heute die Bundesanstalt für Erziehungsbedürftige untergebracht ist. Maximilian I. ließ es im frühen 16. Jahrhundert zu einem kaiserlichen Jagdschloß ausbauen. Als dann die Türken erstmals gegen Wien zogen, nahm Sultan Suleiman II. in Ebersdorf standesgemäß Quartier und verzichtete ausnahmsweise darauf, auch dieses Gemäuer zu verwüsten. So konnte auch Maximilian II. Freude an seinem schönen Besitz haben, den er sogar mit einer Menagerie ausstattete. 1552, als Schönbrunn noch nicht einmal auf dem Papier existierte, gab es in Kaiserebersdorf schon den ersten Elefanten Österreichs zu besichtigen. Zwei Jahre später verendete das bedauernswerte Tier, und aus einem seiner Vorderfußknochen wurde ein Sessel für den damaligen Wiener Bürgermeister Huetstocker angefertigt. Heute ist dieser „Bürgermeisterstuhl" übrigens im Stift Kremsmünster zu besichtigen.

Aber auch der „Thürnlhof" in Kaiserebersdorf hat einiges zu erzählen. Die dereinst wehrhafte Anlage – „Thürndln" sind Türme – wurde von den Türken zerstört. Daß Napoleon dort genächtigt hat, ist ziemlich sicher, doch die einen behaupten, es wäre vor der Schlacht bei Aspern geschehen, und andere berichten, er habe nach diesem deprimierenden Waffengang dort 36 Stunden durchgeschlafen. Jedenfalls war der Thürnlhof lange Zeit ein eleganter Adelssitz, später eine Zuckerfabrik, dann eine Schule, endlich ein Zinshaus, und heute versucht sich ein Heurigenrestaurant ja doch wieder an nobler Geselligkeit. Es gibt aber ein noch weitaus eindrucksvolleres Denkmal der feudalen Vergangenheit jenes Bezirkes, dessen Hauptzweck seit jeher die Versorgung und Entsorgung von Wien ist, Schloß Neugebäude. Genial geplant, konfus gebaut, nie wirklich fertiggestellt, zerstört, halbherzig repariert, Stück um Stück nach Schönbrunn verschleppt – die Geschichte dieses Prachtbaus ist weniger von der kurzen Zeit seines Glanzes geprägt als von den Jahrhunderten leisen Sterbens. Trotzdem war Schloß Neugebäude mit seinen großen Galerien und den Blumengärten zugewandten Terrassen im 16. Jahrhundert eine sehr bedeutende und eindrucksvolle Anlage, sogar die Menagerie war von Kaiserebersdorf hierher verlegt worden. Simmering gehörte damals durchaus zu den ersten Adressen bei Hofe. Als aber dann Schönbrunn immer wichtiger wurde, versanken Schloß und Gärten in einen grauen, dumpfen Schlaf. Endlich rückte die große Totenstadt näher, und Clemens Holzmeister verwob die Stätten der Lustbarkeit mit jenen der

Trauer: Wo Kaiser und Hofstaat sich spazierend ergötzten, ist heute die Stille des Urnenhains zu Hause, und das Pumpenhaus, das liebliche Weiher und heitere Brunnen speiste, ist der Eingang ins Krematorium. Das Hauptgebäude des Schlosses dämmerte, beiläufig und nicht sehr rücksichtsvoll genutzt, vor sich hin, bis plötzlich Kommunalpolitiker gespitzten Mundes heraneilten und nicht aufhören wollten, den schlafenden Koloß wachzuküssen. Am Horizont leuchtete, zwar konturlos, aber doch sehr animierend, die Weltausstellung: Ein altes, müdes Schloß kam als neuer Schauplatz der Superlative ins Gerede. Experten ballten sich zu Kommissionen, Planer, Visionäre und Scharlatane weissagten die Zukunft, und irgendwo, noch diskret im Hintergrund, nestelten schon dämonische Geldgeber an ihren Füllhörnern. Dann kam die erste Ernüchterung: Die Zeit bis zur Weltausstellung war für seriöse Restaurierungspläne zu kurz, ganz zu schweigen von wirklich durchdachten Nutzungskonzepten. Als endlich die Weltausstellung selbst einer Volksbefragung zum Opfer fiel, schlief das Neugebäude wieder ein. Aber es schläft ein wenig besser als zuvor, und die Alpträume sind nicht mehr so akut: Die Experten haben ihre Arbeit getan; die Anlage wurde sorgsam durchforscht, erfaßt und von unerwünschten Inhalten befreit: Die Bausubstanz ist erst einmal gesichert. Wissenschafter messen nicht in politischen Zeiträumen.

Wien, also: ein Elefantenbein aus Kaiserebersdorf als Bürgermeistersessel, Napoleons Nachtruhe und ein Lustschloß, das in vertrauter Harmonie mit dem Zentralfriedhof zu einer Einheit verwächst. Wiens Friedhöfen ein gewisses lustvolles Element abzusprechen, hieße ja ohnehin, sie zu beleidigen. Da gibt es zum Beispiel unweit der großen Getreidespeicher am Donauufer den „Friedhof der Namenlosen“: Hier werden Ertrunkene bestattet, die der Fluß freigegeben hat. Diese idyllische Ruhestätte wäre ohne das Wirtshaus „Zum Friedhof der Namenlosen“ einfach nicht vollständig, man kocht dort ganz passabel, und die Stimmung ist ausgezeichnet. Aber auch der Zentralfriedhof muß sich nicht über einen Mangel an gastlichen Stätten beklagen, in denen es nach gehabter Bestattung endlich gestattet ist, liebe Verblichene so richtig hochleben zu lassen. Sogar die Wiener Szene ist an der Friedhofsmauer zu Hause, und das verdankt sie einem Steinmetzunternehmen, Sommer & Weniger. 1881 war das Gründungsjahr. „Erstes und größtes Etablissement für Gruft- und Grabmonumente“ inserierte man damals auf den Rückseiten von Faltplänen der Wiener Friedhöfe. Das Unternehmen druckte farbige Werbepostkarten, wurde mit dem Titel

„k.u.k. Hofsteinmetzmeister“ ausgezeichnet, besaß einen eigenen Steinbruch im Böhmerwald und beschäftigte 200 Arbeiter. Erst 1975 kam das Ende, der sechseckige Ausstellungspavillon mit seiner großen Christusstatue, umringt von trauernden Engeln und namenlosen Grabsteinen, drohte zu verfallen. Aber dann kam ja doch ein Prinz des Weges und küßte die schlafende Schönheit mit melancholischer Leidenschaft wach. Mit altem Holz und altem Glas wurden die Gebäude behutsam repariert, und heute ist das „Schloß Concordia“ ein liebenswürdig-verschrobenes Restaurant, in dem auch kleine kulturelle Veranstaltungen stattfinden. Der Zauber des verwachsenen Gartens blieb unberührt, und wer den dunklen Drang verspürt, zwischen bemoosten Grabsteinen im Freien zu tafeln, wird von der Küche mit allem Notwendigen versorgt. So läßt sich die bittersüße Lust am Leben erfahren, und Stoff für dunkelblaue Gedanken gibt es genug. Das Grab Arthur Schnitzlers ist übrigens nur ein paar hundert Schritte von hier entfernt, jenes Dichters, der seine Sprache wie ein Skalpell an die Scheinwelt einer dem Untergang geweihten Gesellschaft des Fin de siècle legte und mit leichter, frivoler Eleganz tragische Innenwelten bloßstellte.

Schon wieder Endzeit

Die Wende vom 19. zum 20. Jahrhundert war zweifellos eine Epoche, die auch für das Wesen des heutigen Wien von grundlegender Bedeutung ist. Nach der Schleifung der Festungsmauern hatte der Kaiser mit dem Bau der Ringstraße noch einmal zu einer anmaßend großen Geste angesetzt, die jedoch auf halbem Wege erstarrte. Noch war Österreich ein Feudalstaat und das neue Parlament eine großartige Bühne für armselige Inszenierungen, doch im Wiener Rathaus residierte ein Bürgermeister, der nicht in der Hofburg nachfragte, wenn er mit starker Hand Stadtgeschichte schrieb: der Christlichsoziale Karl Lueger, welcher sich seinerseits gegen die seit 1900 im Wiener Gemeinderat vertretenen Sozialdemokraten behaupten mußte. Für die Habsburger war die Jahrhundertwende Endzeit in schrecklicher Konsequenz. Sogar jene Intellektuellen, die einem neugeordneten Vielvölkerstaat Überlebenschancen einräumten, taten dies mit bitterem Sarkasmus. So beschrieb der Politiker, Arzt und Schriftsteller Adolf Fischhof die Grundpfeiler der Monarchie: „Ein stehendes Heer von Soldaten, ein sitzendes Heer von Beamten, ein kniendes Heer von Priestern und ein schleichendes Heer von Denunzianten." Karl Kraus trug in seinem Monumentalwerk „Die letzten Tage der Menschheit" den Mythos der Habsburgermonarchie mit ethischem Pathos und bitterer Satire zu Grabe, Anton Kuh, sein brillanter, wenn auch nicht wirklich ebenbürtiger Widersacher, sah als Journalist und „geistiger Gelegenheitsarbeiter" das alte Kaiserreich zerbrechen, Egon Friedell, Alfred Polgar, Peter Altenberg – sie alle schauten über den Rand ihrer Moccatassen hinweg der Monarchie beim Sterben zu, wie sie auch nach dem Krieg, sofern sie noch lebten, die Erste Republik zur Kenntnis nahmen und in ihren Köpfen eigene, autonome Reiche gründeten. Als in den letzten Tagen des Vielvölkerstaates der junge Kaiser Karl aufgerufen war, den schrecklichen Krieg zu beenden, um welchen Preis auch immer, war sogar die Zusammenarbeit zwischen Sozialdemokraten und Kaiserhaus geboten. Anton Kuh berichtet in seinem Feuilleton „Das Hofauto" darüber. Der Kaiser hielt mit dem greisen Führer der Sozialdemokraten ständig Kontakt, und er stellte dem kranken Mann für Dienstfahrten auch immer wieder das Hofauto zur Verfügung. Eines Tages zögerte Adler allerdings, dieses Angebot zu akzeptieren, und gab endlich Auskunft, daß er nach Krems, zur Strafanstalt Stein fahren müsse, um seinen Sohn abzuholen, der an diesem Tag entlassen werde. Friedrich Adler hatte im Oktober 1916 im Speisesaal eines Wiener Hotels den österreichischen Ministerpräsidenten Graf Stürkh erschossen, weil er in ihm den gefährlichsten Betreiber der Kriegspolitik des Parlamentes sah. Nach seiner Verhaftung erklärte er: „Ich weiß, was ich getan habe; ich habe nicht antipatriotisch gehandelt." Das Todesurteil wurde später in eine 18jährige Haftstrafe umgewandelt, und schließlich war er vom Kaiser begnadigt worden. Eben dieser Kaiser sprach dann auch, so Anton Kuh, den bemerkenswerten Satz: „Aber das macht doch nichts, holen Sie ihn halt zuerst ab und fahren Sie dann zu mir!" Somit holte der Führer der Sozialdemokraten mit dem Hofauto seinen Sohn ab, der den Ministerpräsidenten des Kaisers ermordet hatte, fuhr mit ihm zum Ministerium des Äußeren und anschließend zum Schloß Schönbrunn.

Wenige Tage später starb Victor Adler, und am 11. November 1918 unterschrieb Kaiser Karl ein Manifest an das deutschösterreichische Volk, mit dem das Haus Habsburg seinen Abschied aus der Weltgeschichte nahm.

Das äußere Bild der Stadt wurde um die Jahrhundertwende gleichermaßen von der offiziellen Architektur des Historismus geprägt wie von den mutigen Akzenten des Jugendstils und der Moderne. Adolf Loos ärgerte den Kaiser Franz Joseph mit seinem „Haus am Michaelerplatz", einem erschreckend sachlichen Gebäude gegenüber der historisierenden Fassade der Hofburg, Otto Wagner schmückte das Wiental mit opulentem Jugendstil, und er schuf mit der Postsparkasse ein bedeutendes Bauwerk, das seine Qualität aus der Wirkung edler Materialien und einer klaren, konzeptionellen Gliederung bezieht. Wagner konzipierte die Stadtbahn als überzeugende Symbiose von Technik und Kunst, aber auch als Teil einer umfassenden Verkehrslösung. Seine Pläne für die „unbegrenzte Großstadt" hätten Wien alle Chancen gegeben, zum Vorbild moderner Stadtentwicklung zu werden. Dafür hätten allerdings Wiens Beamte über ihre eigenen Schatten springen müssen, und nichts lag ihnen ferner. So blieb denn auch dem Karlsplatz eine architektonische Gesamtlösung versagt. Seit Jahrzehnten wird an dieser unglückseligen Verkehrsfläche herumgebastelt, und in einem der häßlichsten Karlsplatz-Gebäude ist ausgerechnet das Historische Museum der Stadt Wien untergebracht.

Nach zwei Weltkriegen und politischen Verirrungen aller Art steht Wien, vordem Kaiserresidenz, heute Hauptstadt der Zweiten Republik, vor einer neuen Zeitenwende. Atmosphärische Vergleiche mit der Zeit um 1900 sind durchaus angebracht: Jene Länder der Donaumonarchie, die im Ostblock sozusagen unter Quarantäne existierten, sind in Wien nun wieder sehr präsent, und die Wiener reagieren, wie sie es schon taten, als ihre Stadt noch die pulsierende Metropole eines Weltreiches war, unwiderstehlicher Magnet für Zuwanderer vieler Nationen: unwirsch, aber dann doch bereit, irgendwie miteinander auszukommen. Auch die Situation, aus der windstillen Ecke an der Ostgrenze des Staates mitten in ein ebenso chancenreiches wie kontroversielles Europa geraten zu sein, rührt an eine der fundamentalen Wiener Urängste, nämlich, daß da jeder kommen könnte. Andererseits tut es auch ganz gut, wieder im Zentrum des Geschehens zu sein, wenn auch unter gleichberechtigten Nachbarn. Es gehört ja zu den durchaus faszinierenden Wiener Wesenszügen, sich neu eröffnenden Freiräumen mit fast schon beleidigendem Mißtrauen zu nähern und diese, sind sie erst einmal vertraut geworden, mit wütender Leidenschaft zu verteidigen. Jenes mürrische Unbehagen, das neuen Herausforderungen entgegenschlägt, stellt sich als energievolles Durchsetzungsvermögen heraus, geht es konkret darum, sie zu bewältigen. Wien wird diese Eigenschaft in Zukunft gut brauchen können, wenn Prag und Budapest ihre alte Lebenskraft und die nicht minder geschichtsträchtige Lust an urbaner Rivalität vollends wiederentdeckt haben.

Es gibt auch noch immer oder schon wieder oder jetzt erst recht Endzeitstimmung in dieser Stadt, ein totlustiges „verkaufts mein G'wand, ich fahr ' in' Himmel". Allerdings: Endzeit hat in Wien nichts mit Ende zu tun, schon eher mit einem Lebensgefühl, das in einer sehr langen und sehr wechselhaften Geschichte Ecken und Kanten verloren hat und nun, rund und abgeschliffen wie ein Stein im Flußbett, meint, daß eigentlich alles schon einmal dagewesen sei. Wien hat es eben gelernt, mit ererbtem Mobilar zu leben, gleich, ob es geistiger Natur ist oder als kaisergelbes Baudenkmal Devisen bringt. Man tut aber auch nicht gut daran, dieses versöhnliche Arrangement mit einer schier übermächtigen Vergangenheit auf eine Alterserscheinung zu reduzieren. Die ältesten Bereiche der Wiener Innenstadt sind zur Bühne der jungen Beisl-Szene geworden. Als vor vielen Jahren das letzte alte Pratercafé auf dem Konstantinhügel abgerissen werden sollte, gab es wütende Protestaktionen Jugendlicher; die vitalste junge Wiener Kulturinitiative der Zweiten Republik, die Arena-Bewegung, erklärte ausgerechnet den um die Jahrhundertwende erbauten Schlachthof zur Bühne, und die neue Clubbing-Szene fühlt sich sehr zum Kummer von Ordnungshütern, Konzessionserteilern und Genehmigungsüberwachern zwischen historischem Gemäuer besonders wohl.

Wiens Identität schließt jede Menge Vergangenheit mit ein, aber sie ist nicht von gestern.

Dimensionen

Es wird oft behauptet, das Burgenland sei das jüngste unter den österreichischen Bundesländern. Wien ist jedoch kaum älter. Als selbständiges Bundesland gibt es Wien erst seitdem Ende der Monarchie: Die Trennung von Niederösterreich wurde faktisch 1922 vollzogen. Noch dazu ist Wien, was die Fläche betrifft, auch das kleinste Bundesland, allerdings mit der zweithöchsten Einwohnerzahl. Das Spiel mit Dimensionen ist am Beispiel von Wien besonders reizvoll: Wien bedeutet gut 400 Quadratkilometer Stadt für über eineinhalb Millionen Städter. Wien bedeutet aber auch ein paar tausend Stammplätze, die vom Kaffeehausober mit den Worten „da sitzt schon jemand“ auch dann verteidigt werden, wenn dieser Jemand nicht da sitzt.

Die Bedeutung von Wien läßt sich an seinem kulturellen, künstlerischen, wissenschaftlichen, wirtschaftlichen und politischen Stellenwert ablesen, aber auch an der Anzahl geeigneter Kleinbiotope für geniale Spinner, richtungsweisende Querköpfe und gewinnende Verlierer.

Es gibt also ein äußeres und ein inneres Maß, das eine objektivierbar, das andere individuell und noch dazu abhängig von Lust und Laune; das eine allgemeingültig, aber fad, das andere vom zweifelhaftem Stellenwert, aber spannend.

Der gleichermaßen ernsthafte wie spielerische Umgang mit Dimensionen hat hierzulande Tradition. Als glanzvoller Mittelpunkt eines mächtigen Reiches blieb Wien von der Ausdehnung her eine kleine Stadt, dicht gedrängt zwischen Festungsmauern. Als Franz Joseph endlich die Schleifung der Befestigungen anordnete, als Stadt und Vorstädte ineinanderwucherten, als Wien groß und größer wurde, fing Österreich damit an, erst kleiner und dann sehr klein zu werden.

1873 brach Wien als Weltausstellungsstadt in hektische Bemühungen aus, sozusagen über Nacht zur Weltstadt zu werden, und die anmaßende Macht der Spekulanten war schon fast in einen unheiligen Himmel gewachsen, als sie in der Hölle des Börsenkrachs landete. Das große Spektakel im Wiener Prater, der Rausch des Machbaren, die Lust an der verschwenderisch großen Geste endete in einem ärmlichen Katzenjammer.

Wien duckte sich grau und verwundbar unter den Schlägen zweier Kriege, flickte hastig die ärgsten Löcher, bedeckte irgendwie die peinlichsten Blößen und begann, aus der ärgsten Verlegenheit heraus, schon wieder an zu wachsen. Es war diesmal eine Größe von der billigen Sorte, eine vom Fließband, aus Betonfertigteilen.

Als dann nach all der wirtschaftswunderlichen Zukunfts-Euphorie eine Besinnung auf das Wesen der Stadt einsetzte, verloren die grauen Satelliten an den Rändern rasch an Attraktivität, und Wien ging daran, nach innen zu leben. Dieses qualitative Wachstum fand ein durchaus günstiges Klima vor: Die Bundesländer waren mit ihrer an den Rand gerückten Hauptstadt halbwegs ausgesöhnt, und im Windschatten des eisernen Vorhangs sah Wien die Grenzen seiner Möglichkeiten zwar deutlich vor sich, doch andererseits hatten diese offenbar unabänderlichen Vorgaben auch etwas Beruhigendes.

Als dann auf einmal alles offen war und alles möglich schien, als sich Wien, seiner stille Ecke beraubt, in einer ziemlich turbulenten Mitte wiederfand, zeigte sich sehr rasch die Tendenz, von den Großprojekten, die sich nun aufdrängten, keines oder wenigstens nur die kleinste Version zu verwirklichen. Stadt von Welt? Immer schon gewesen. Weltstadt? Warum auch nicht. Großstadt? Nein, danke. Die permanente Identitätskrise wienerischer Machart ist gleichzeitig ein erstaunlich widerstandsfähiges Selbstverständnis, schlüssig, weil fortwährend in Frage gestellt, und von hoher Akzeptanz, weil heftig umstritten. Ambivalenz als kreatives Spannungsfeld und träges Beharrungsvermögen als wirksames Regulativ für allzu sprunghafte Entwicklungen bewahren Wien einerseits davor, den international genormten Raster großstädtischer Nutzanwendung unreflektiert hinzunehmen, und schaffen andererseits ein Klima, das allen Perspektiven Raum gibt, wenn auch nicht um jeden Preis.

Geschichte

Eine solche Einstellung kommt nicht von ungefähr, sie ist eine vorläufige Antwort auf einen urbanen Lernprozeß über Jahrhunderte. Nach den Wirren der Völkerwanderungszeit machte sich Wien 1137 als „civitas“ in den Urkunden bemerkbar: Vor und zwischen den Römermauern waren Marktsiedlungen entstanden und zusammengewachsen, und es gab auch schon einen Namen, der das römische „Vindobona“ ablöste: „Wennia“, das nach der Jahrtausendwende zum mittelhochdeutschen „Wiene“ wurde.

Als 1130 die Babenberger Wien als Stadtherren übernahmen, war die Wirtschaft in den Händen von Regensburger Kaufleuten, Zahlungsmittel waren bayrische Münzen. 1139 wurden die Babenberger zu allem Überfluß auch noch Herzöge von Bayern, und die Gefahr für Wien war groß, daß sie ihre Residenz aus der unbequemen Grenzstadt Wien ins ruhige Regensburg verlagerten. Doch es kam anders, wie wir wissen: Die Babenberger tauschten Bayern gegen die erbliche Herzogswürde in Österreich und blieben in Wien. Als 1137 der Grundstein für den ersten Bau der Stephanskirche gelegt wurde, lag der Bauplatz noch außerhalb der Stadt. 1184 verlor Krems, bisher von überragender Bedeutung, die landesfürstliche Münzstätte an die neue Residenz. Die Babenberger intensivierten durch Privilegien den Osthandel und statteten Wien mit dem Stapelrecht aus, das den heimischen Kaufleuten entscheidende Vorteile brachte. In der ersten Hälfte des 13. Jahrhunderts war die Babenbergerresidenz bereits eine reiche, sich rasch ausdehnende Handelsstadt mit internationalen Verbindungen. Dann allerdings traf Leopold IV. eine Entscheidung, welche die Stadtentwicklung für die nächsten sechs Jahrhunderte begrenzte: Er ließ Wien mit einer fünf Kilometer langen Ringmauer umgeben und davor einen Graben anlegen, der mit dem Wasser der Donau und des Wienflusses gefüllt werden konnte. Die ersten rechteckigen Marktplätze entstanden, es gab Kirchen und Klöster, und schon damals zeichneten sich jene Strukturen ab, welche die Innenstadt noch heute prägen. 1221 bekam Wien das Stadtrecht verliehen, und mit dem Aussterben der Babenberger konnten sich die Wiener Bürger gleich einmal in städtischer Diplomatie üben: Die durch hohe Steuern erbosten Wiener nahmen gegen ihren Landesherren und für den Kaiser Partei, was vorübergehend den Status der Reichsunmittelbarkeit zur Folge hatte. Im Spannungsfeld des Streites zwischen König Ottokar von Böhmen und Rudolf von Habsburg profilierte sich Wien mit einigem Geschick als befestigtes Versorgungszentrum für beide Heere. Zwar schränkten die

Habsburger die Rechte ihrer Residenzstadt vorerst schmerzlich ein, waren dann aber doch bereit, ihre Entwicklung tatkräftig zu unterstützen. In der Mitte des 14. Jahrhunderts war Rudolf IV. Initiator vieler hochfliegender Pläne. Er trägt seinen Beinamen „der Stifter“ zu Recht, auch wenn viele seiner Vorhaben erst später verwirklicht wurden. Er erließ 1365 den Stiftungsbrief für eine Wiener Universität, plante den weiteren Ausbau der neuen Hofburg in Verbindung mit einem Adelsviertel im Bereich der Herrengasse und der Augustinerstraße und leitete die Neugestaltung des Langhauses von St.Stephan ein. Wien wurde nach und nach repräsentativ: Der Hohe Markt öffnete sich als großzügiges Zentrum der Bürgerstadt, Kohlmarkt, Graben, Brandstätte und Neuer Markt waren Schauplätze bunten Handels und Wandels.

Dieses geschäftige, trotz Seuchen und Feuersgefahr insgesamt lebenswerte Wien geriet im 15. Jahrhundert in arge Bedrängnis: Erbschaftsangelegenheiten trugen Streit ins Haus Habsburg, und Wien sah sich als Diener zweier Herren: als habsburgische Residenz und als Sprecherin der Städte im Landtag. Unmittelbare Folge dieser Konflikte war ein wirtschaftlicher Niedergang der Stadt, der noch durch Unruhe von außen beschleunigt wurde: Das Vordringen der Türken ließ Handelswege unsicher werden, und das Zeitalter der Entdeckungen wertete die alten Beziehungen zu den Mittelmeerländern ab. 1469 wurde Wien Bistum – eine wenig nahrhafte Ehre –, und schließlich ergab sich die hungernde Stadt den leeren Versprechungen des Ungarnkönigs Matthias Corvinus, um nach fünf Jahren reuemütig wieder Kaiser Friedrich zu folgen. Unter Maximilian I. mußte Wien sogar aus taktischen Gründen einige Zeit hinter Innsbruck zurückstehen und verlor auch noch das Stapelrecht. Damit war Wien um 1500 tiefste Provinz. Kurz vor seinen Tode wies allerdings Maximilian Wien den Weg in eine Zukunft, von der keiner mehr zu träumen gewagt hätte: Er vermählte seinen Enkel mit der Erbin Böhmens und Ungarns und legte damit den Grundstein zu einer Donaugroßmacht mit der Hauptstadt Wien. Es sollte allerdings noch ein langer Weg dorthin werden, denn die Geschichte hatte für Wien vorerst eine andere Aufgabe bereit: als „Bollwerk der Christenheit“ den Türken zu widerstehen. Die erste Belagerung, 1529, wurde nach drei Wochen wütender Angriffe und verzweifelter Gegenwehr angesichts des nahen Winters abgebrochen.

Wien wurde ob seines heldenhaften Widerstandes gerühmt, gewann als Residenzstadt wieder an Bedeutung und wurde zum Sitz zahlreicher Behörden für die zentrale Verwaltung des Reiches. Damit änderte sich auch die soziale Struktur, die nun einerseits von einer breiten Oberschicht aus Adeligen, Geistlichkeit und hohen Beamten geprägt wurde und andererseits von einem grauen Heer namenloser Armer. Die Obrigkeit fand auch gleich eine bürokratische Antwort auf die neuen Verhältnisse: Luxussteuer und Armenkasse. Das Wien des Barock verdrängte das dunkle, gotische Wien, verschwenderisch inszenierte Lebensfreude wollte nichts von der bedrohlich nahen Grenze des osmanischen Reiches wissen und verschanzte sich hinter energisch verstärkten Festungsbauten. So blieben Wien und seine Vorstädte weiterhin getrennt. Noch vor den Türken löschte die Beulenpest den eitlen Glanz der Residenz. Wer es sich leisten konnte, flüchtete, von den Verbliebenen starben 60.000. Nur vier Jahre nach dieser Heimsuchung, im Frühjahr 1683, rüsteten die Türken wieder zum Kampf um Wien: 200.000 Mann gegen 16.000 Mann regulärer Truppen der Verteidiger, verstärkt durch 6000 Bürger unter dem Kommando von Rüdiger Graf Starhemberg. Von Juni bis September hielten die Verteidiger stand, dann zeichnete sich das Ende ab: Munition fehlte, die Geschütze waren zersprungen, wichtige Teile der Festungsmauer zerstört. Erst nach langen Verhandlungen kam ein Entsatzheer unter dem Oberbefehl des Polenkönigs Sobieski zustande. Am 6. September stürmten die Truppen von den Höhen des Wienerwaldes herab auf die Belagerer. Kara Mustafa beging taktische Fehler und wurde vernichtend geschlagen.

Nachdem die Bedrohung gewichen war, stieg Wien zu neuer Bedeutung auf: Für zwei Jahrhunderte war die Stadt glanzvoller Mittelpunkt der Donaumonarchie. Johann Bernhard Fischer von Erlach und Johann Lucas von Hildebrandt gaben Wien und auch den Schlössern vor der Stadt ein heiteres, reiches Gepräge. Nun wuchs Wien auch nach oben: Immer mehr Häuser hatten fünf oder sechs Stockwerke. Die Hofburg wurde zu einer kaiserlichen Stadt in der Stadt, flankiert von den Palästen des Adels.

Das Bürgertum drängte indes, ungeachtet der Stadtmauer, in die Vorstädte, wo es freien Baugrund gab. Nun entstanden dort auch geplante Siedlungen, deren Strukturen bis heute erhalten sind. Anfang des 18. Jahrhunderts wurden die ersten Manufakturen errichtet, und gleichzeitig gab es erstes Arbeiterelend. Spät genug, in der zweiten Hälfte des 18. Jahrhunderts, kam mit dem aufgeklärten Absolutismus der Gedanke des „Allgemeinwohls" zum Tragen. Unter Maria Theresia entstand ein gut gegliedertes Schulsystem, und das Toleranzpatent Joseph II.

brachte für Protestanten und Juden verbesserte Lebensbedingungen. Adelige Lustreviere wie der Wiener Prater wurden für die Öffentlichkeit freigegeben, das Leben in Wien wurde bürgerlich. Die neuen Möglichkeiten lockten Menschenmassen vom Land in die Stadt, die auf dem besten Weg war, zur Industriemetropole zu werden. Im 19. Jahrhundert mündete diese hitzige Entwicklung, das Aufeinanderprallen konservativer und revolutionärer Kräfte, für Wien in eine Phase politischer Entmündigung und geistiger Unfreiheit, kompensiert durch die Flucht in die biedermeierliche Welt der schönen Künste.

Der Wiener Kongreß war ein Spektakel, das die Wiener zu Zuschauern degradierte. Sogar das blutige Revolutionsjahr 1848 brachte keine wesentlichen Änderungen – oder nur vorübergehende. Die einzige Revolution, die wirklich ihre Ziele erreichte, war die industrielle. Wien wuchs weiter, verdoppelte seine Einwohnerzahl in nur 50 Jahren, und Spekulanten verbauten die letzten Grünflächen in den Vorstädten mit Arbeiterwohnhäusern. Das Wien Kaiser Franz Josephs stand im Spannungsfeld zwischen dem absoluten Machtanspruch des Herrschers über ein zerfallendes Reich und der rasant zunehmenden Macht des Großbürgertums. Hemmungslose Spekulation und fieberhafte Bautätigkeit, Stadterweiterung, Ringstraße, Weltausstellung, Börsenkrach, unversöhnliche Gegensätze zwischen arm und reich, der künstlerische Aufbruch zu neuen Ufern, verlorene Kriege, der Todeskampf des Habsburgerreiches, der Zweite Weltkrieg: Wiens Weg in das 20. Jahrhundert begann mit einem wahnwitzigen Höhenflug, der in haltloses Trudeln überging und mit einem bösen Absturz endete.

So ein Theater

Ein Mensch ohne Bühne ist irgendwie nicht komplett. Eine Stadt, die auf sich hält, gibt ihm viele Bühnen, in jeglicher Ausstattung und mit beliebigen Mit-Akteuren. Sie breitet Plätze vor ihm aus, eng und verschroben, anmaßend weit oder von intimer Kostbarkeit, betulich bürgerliche Plätze, Marktplätze und Fußballplätze. Die Stadt hat auch Bühnen für besondere Inszenierungen: Gedenkstätten, Lustschlösser, Laufstege, Salons und Friedhöfe. Wiener sind theatralische Menschen; ihr Wunsch, für sich zu bleiben, geht seltsam einträchtig mit der Lust am großen oder kleinen Auftritt einher: in der Oper, im In-Beisl oder auf der Copa Kagrana.

Noch lieber läßt man aber auftreten: Schauspieler, geliebte, geduldete, gehaßte, auch solche, auf die das alles zutrifft, auf Bühnen, die man sich leistet, mit Regisseuren, die man sich antut, und mit Direktoren, über die man besser kein Wort verliert oder viele Wörter, was am Ende auf das gleiche hinauskommt. Die Wiener Theater haben eine Tradition, die in ihrer frivolen Unbeständigkeit verläßlicher ist als alles andere. Die Anfänge waren fromm, wie sie das immer sind, doch der Sündenfall ließ nicht lange auf sich warten: Das feierliche religiöse Zeremoniell frühmittelalterlicher Riten wandelte sich im späten Mittelalter zu einem dramaturgisch überzeugenden, aber doch recht drastischen Gemisch aus biblischen Inhalten, Marterszenen mit grausamer Liebe zum Detail, pädagogisch wertvollen, doch auch irgendwie unterhaltsamen Obszönitäten und komischen Elementen: Schließlich weiß auch heutzutage jeder Fernsehprediger und jeder Politiker, wie sehr gezielte Lustigkeit dazu geeignet ist, ganz und gar nicht lustige Inhalte zu transportieren.

Jedenfalls war Wien schon im 14. Jahrhundert eine Theaterstadt, wenn auch nicht immer von der feinsten Sorte: Possenreißer und Tierbändiger, Puppenspieler und derbe Poeten hatten großen Zulauf. Allerdings gab es auch Mimen, die höheren Ansprüchen gerecht werden wollten: Sie schlossen sich schon Ende des 13. Jahrhunderts zu einer Bruderschaft „Zur Verehrung Gottes durch die Kunst“ zusammen. Ihre Frühlingsspiele gingen auf einen geradezu rührenden höfischen Brauch zurück: Anfang des 12. Jahrhunderts, als Leopold VI. – der Glorreiche – regierte, tänzelte das adelige Wien im März frühlingshaft beschwingt durch die Wiener Donau-Auen, um dort nach dem ersten Veilchen zu suchen. Dann galt es auch noch, das sittsamste Mädchen zu finden, denn nur dieses durfte die Blüte pflücken und dem glorreichen Herzog scheu an die Brust heften. Die Spielleute ließen das schlichte Kind später zur Herzogin avancieren, verwickelten den Volkspoeten Neidhart von Reuenthal in die Geschichte, und Liebe, Fruchtbarkeit und Frühling verschmolzen zu einer dermaßen anregenden Inszenierung, daß aus dem ursprünglich zarten und symbolhaften „Neidhartspiel“ im 15. Jahrhundert ein pralles Stück sinnlicher Lebensfreude wurde, ein komisches Drama mit anzüglichem Liebesgetändel, schmählichem Spott und grausamer Rache, mit ausführlichen Besäufnissen und Raufereien, mit Luzifer und Satan als Gaststars, mit Bauern, denen Gliedmaßen abgeschlagen wurden und die zu guter Letzt ja doch fröhlich auf ihren Stelzfüßen tanzten.

Als dann in der Renaissance die Dogmen wankten, politische Strukturen zerbrachen und der Reichtum der Mächtigen dem Elend der Hilflosen immer unerträglicher entgegentrat, verlor auch das Wiener Theater seine sündhafte Unschuld: Es wurde zum Sprachrohr von Interessensgruppen. Die römischen Komödienschreiber Plautus und Terenz lagen nun voll im Zeitgeist des Humanismus; Conrad Celtis, Professor für Poetik und Rhetorik an der Wiener Universität, schrieb sogar eigene Stücke im Stil der alten Römer und vergaß dabei nicht, Gestalten der antiken Mythologie in die Gegenwart zu holen, um ihnen Gelegenheit zu geben, dem Kaiserhaus zu huldigen. Daneben befaßte sich ein Schweizer Kollege, Joachim von Watt, mit satirischen Komödien in lateinischer Sprache: Hähne, Hennen und Kapaunen ergötzten sich in scharfzüngigen Wortgefechten, machten sich über den Muff unter scholastischen Talaren lustig und gebärdeten sich tierisch humanistisch. Feindliche Glaubensbrüder aus der evangelischen und der katholischen Kirche argumentierten und belehrten – notwendigerweise volkstümlich – mit deutschem Schultheater, und ein Wiener Theatermann besonderer Prägung, Wolfgang Schmeltzl, befreite seine Aufführungen von der Enge professioneller Polemik: In seinen biblischen Komödien ging es um ein anständiges Leben in einem christlichen Europa. „Bekehre Dich!“ riefen Schmeltzls Mimen ihrem Publikum zu, und da sie es fröhlich taten, fanden sie auch Gehör.

Im Reich der Sinne

Das Wiener Theater der Barockzeit, nachhaltig von italienischen Fachleuten inspiriert, ließ jeden auch noch so spitzbübisch erhobenen Zeigefinger verschwinden und gab sich einem Schauspiel von unbegrenzten Dimensionen in schöner Hemmungslosigkeit hin: Alles war Theater, und in diesem theatralischen Universum kam es nur noch darauf an, Inszenierungen von verwirrendem Glanz und betäubender Dramatik miteinander wetteifern zu lassen. Die Form wurde zum Inhalt, der größtmögliche Effekt diktierte den Stil. Verschwunden waren die Zwischentöne, die sorgsam gesetzten Lichter: Grelle Farbigkeit und düsterste Finsternis waren die Alternativen, Lust und Ekel, Ekstase und Verzweiflung. Vor dem bewegten Hintergrund von Feuerwerken und Wasserspielen verbanden sich zwischen Himmel, Erde und Hölle Schönheit und Groteske zu einer berauschenden Einheit. Verschwendung war angesagt, das Übermaß war die Norm. Diesem exzessiven Lebensgefühl wollte und konnte sich auch das Jesuitentheater nicht verschließen: Für Gott und Kaiser schufen sie ein barockes Prunktheater, das kaum schlüssiger Inhalte bedurfte, wenn es nur eindrucksvoll gelang, die Schaulust zu befriedigen und den wahren katholischen Glauben zu feiern.

Als mit dem 18. Jahrhundert der kühle Hauch der Aufklärung den prunksüchtigen Glanz davonwehte, blieb künftigen Theaterleuten immerhin eine mit raffinierter Bühnentechnik wohlgefüllte Trickkiste zurück und die Erfahrung einer Sinnlichkeit, die auch dann Theater ausmacht, wenn der Intellekt wieder einmal die Hauptrolle spielt.

In einem Wien, in dem mehr und mehr auch die Bürger das Sagen hatten, in dem neues Kapital dem alten Adel mit unverschämtem Selbstbewußtsein gegenübertrat, gerieten auch die Theater unters Volk und spielten neue Rollen in einer veränderten Gesellschaft.

Als im 18. Jahrhundert die erste Industrialisierungswelle die Stadt veränderte, erhielten nicht nur Wissenschaft und Schulwesen kräftige Impulse; auch Musik und Theater erlangten umfassende, bürgerliche Bedeutung. Maria Theresia, mit dem mütterlichen Sinn für's Praktische begabt, faßte ihre neuerdings so aufgeklärten Untertanen ins Auge und erkannte: „Spectacles müssen sein!" Das Theater trat aus der elitären Enge höfischer Lustbarkeit mitten unter die Bürger, und das volkstümliche Theater wurde literarisch. Schon zur Zeit Joseph II. war Theater in Wien eine kulturelle Institution, die sich längst nicht mehr auf die noble Innenstadt beschränkte: Zahlreiche Bühnen in den Vorstädten gaben mehr oder weniger ernsthaft Zeugnis von einem neuen kulturellen Selbstverständnis. Auch das Berufsbild der Schauspieler wandelte sich grundlegend: Aus fahrenden Komödianten wurden geachtete Wiener Bürger.

Die Redoutensäle, erst in jüngster Vergangenheit ein Opfer der Flammen geworden und heute mitten in der schönsten und – wie man sich denken kann: heftig diskutierten – Auferstehung begriffen, stehen auf uraltem Theaterboden. In einem großen Tanzsaal mit Bühne fanden im 17. Jahrhundert die ersten Wiener Opernaufführungen statt. 1700 wurde hier das große und das kleine Hoftheater errichtet. Erst als die Lust an prunkvollen Rokoko-Inszenierungen schwand, verwandelte man die Theatersäle in Festsäle. Das Kaiserhaus gab sich in den Lustschlössern fast schon familiären Theaterfreuden hin, und besonders spaßig ging es im Schönbrunner Schloßtheater zu, wo sich adelige Dilettanten als Darsteller vor adeligen Zuschauern nicht zu genieren brauchten – und umgekehrt. Das höfische Theater gab sich also recht locker, und so sah das bürgerliche Theater erst recht keinerlei Zwang zur Etikette, im Gegenteil: Erstmals wurde auf der Bühne deutsch oder besser: ungeniertes Wienerisch gesprochen, und der „wienerische Hanswurst", Anton Stranitzky, war ein Possenreißer, den Maria Theresia nur hold errötend und recht widerwillig gewähren ließ. Aber neben dem Stegreiftheater begab sich auch das literarische Theater unerschrocken unters Volk. Es gab zwei neue Hoftheater, am Kärntnertor und am Michaelerplatz, in denen deutschsprachige Volksstücke und Singspiele zur Aufführung kamen. Vor der Stadtmauer, wo die Dörfer längst zu respektablen Vorstädten herangewachsen waren, fand gezierte Hochkultur allerdings auch in deutscher Sprache wenig Anklang. Außerdem gab es außerhalb der Stadt kaum Ordnungshüter und noch weniger sittenstrenge Moralisten; also konnten sich Wanderbühnen jeglicher Qualität sehr zum Gaudium der Zuschauer ungehindert entfalten. Am Spittelberg, im heutigen siebenten Bezirk, ging es im Theatersaal der „Goldenen Ente" besonders locker zu, gleich nebenan, am „Lerchenfeld", trug schon der Umstand, daß jedes zweite Haus ein Wirtshaus war, sehr zur guten Stimmung bei, und der Kasperl agierte nicht eben jugendfrei.

1795 war es mit Jux und Tollerei allerdings erst einmal vorüber: Nur wer ein kaiserliches Privileg hatte, durfte Theater spielen. So begann sich eben auch das Vorstadttheater zu etablieren. Von den damaligen Gründungen existieren das Theater an der Wien und das Theater in der

Josefstadt noch heute. Die kaiserliche Obhut brachte nicht nur Ordnung ins Theatergeschehen, es machte auch einer wenig erfreulichen Institution den Garaus, den Hetztheatern: Bei diesen „animalischen Spektakeln“ wurden wilde Tiere aufeinander losgelassen und von Treibern gehetzt; wenn es besonders blutig herging, lachte den Wienern das goldene Herz im Leibe.

Das 19. Jahrhundert, das mit scheinbar festgefügten Strukturen aufräumte, zerstörte alte Illusionen und ließ mehr und mehr das Kapital zum Maß aller Dinge werden. Das Revolutionsjahr 1848 machte das Kaiserhaus zur Ruine, mühsam gehalten und mit verzweifelter Gewalttätigkeit verteidigt. Der kalte Wind des Absolutismus trieb die Bürger in eine biedermeierliche Scheinidylle, und die schwindende Macht der Regenten lockte erst recht wieder die Freigeister hervor. Als die Theater am Ring entstanden, klammerte sich deren historisierende Architektur an die Welt der Antike, während auf den Bühnen längst die Realität mit ihren Spannungen und Brüchen den alten Wunderglauben hinterfragte. Dennoch stürmten die Wiener ihre Theater, so auch am 8. Dezember 1881. Kurz nach Beginn der Vorstellung brach auf der Bühne des Ringtheaters ein Feuer aus, das rasch auf den Zuschauerraum übergriff. Die Zuschauer der oberen Ränge konnten nicht rasch genug flüchten, dann fiel auch noch die Beleuchtung aus. Das Inferno forderte 386 Tote.

Die Folge dieser Katastrophe war ein strenges Theatergesetz, das in seinen Grundzügen noch heute gilt, sowie eine Metallwand, die im Ernstfall die Bühne vom Auditorium zu trennen vermag. Und dieser eiserne Vorhang wacht noch heute in jedem Theater darüber, daß sich der Zuschauerraum ausschließlich für die Kunst entflammt.

Non Olet

In der widersprüchlichen, hektischen Zeit der Jahrhundertwende standen die neuen Fabriken und die neuen Theater einander nicht als feindliche Welten gegenüber, sondern als verschiedene Ausprägungen einer neuen Epoche, und auch heutzutage, wo man sich für elitäres Gehabe da wie dort geniert, bemüht man sich allenthalben, Wirtschaft und Kultur als Komponenten menschlicher Energie zu begreifen, deren Zusammenwirken in einer Phase der Veränderung und Neuorientierung wichtiger ist denn je. Es gibt auch längst ein schickes Wort dafür: Kulturmarketing. Jedenfalls kann es nicht schaden, wenn Geldgeber und Geldnehmer ein gemeinsames kulturelles Interesse erkennen und so dafür sorgen, daß es sich auch für geplagte Steuerzahler auszahlt, für das Theater zu zahlen – nicht für *ein* Theater, sondern für jene erfreuliche Vielfalt, in deren Spannungsfeld sich ein ganz besonderes Stück Wien ereignet. Eine Vielfalt, zu der natürlich auch jene ungebärdige Schar von Kellertheatern und anderen kleinen Bühnen gehört, die unbeirrt etabliertes Kulturverständnis gegen den Strich bürsten. Aber so wie es für die adeligen Damen und Herren nach und nach schicklich wurde, sich in Vorstadttheatern amüsiert zu entrüsten, fühlen sich heutzutage auch Hochkulturkonsumenten in der alternativen Szene schaudernd wohl, und im Gegenzug sitzen dann junge Leute im Burgtheater, die man ihrem Outfit nach eher in der Arena vermutet hätte. Wie auch immer: Theater in Wien gehört nicht mehr irgendwelchen Gruppen. Das kann ihm nur guttun.

Ihr Auftritt bitte

Es gibt auch andere Bühnen in der Stadt, solche, die ohne Schauspieler auskommen, und auf einigen geht pünktlich zur Besuchszeit der imaginäre Vorhang auf, Sammlungen, Sehenswürdigkeiten und Gedenkstätten geben ihre Vorstellung und bleiben nie ohne Applaus. Noch nie waren die Habsburger im Bewußtsein der Welt so präsent wie in ihrer Kapuzinergruft, nirgendwo war die Verehrung und Bewunderung Sigmund Freuds so frei von Neid und ätzender Kritik wie sie es heute in den Räumen seiner ehemaligen Wohnung ist. Auf Wiens Herzeige-Bühnen hat die Vergangenheit fast schon mehr Zukunft als die Gegenwart. Nicht zu vergessen jene Bühnen, deren Zuschauer auch gleichzeitig die Akteure sind: Die aktuellen In-Treffs, kurzlebig zwar, aber innerhalb der kleinen, prominenten Spanne Zeit von unwiderstehlicher Anziehungskraft für alle, die einfach dort sein müssen, wo man derzeit einfach zu sein hat. Jeder Heurige ist eine Bühne von bezwingender Intimität und berauschender Öffentlichkeit, und einmal im Jahr geraten anläßlich des Opernballs Wiener von echter oder vorgetäuschter Eleganz in festliche Ekstase, während vor der Oper Demonstranten auf ihre Art mitfeiern. Die Fremden applaudieren den Wienern bei dem Versuch, so zu sein, wie man sich Wiener eben vorstellt, und die Wiener zollen den Fremden Beifall, weil sie sich so gutmütig hinters Licht führen lassen und so selig an einem Spiel teilhaben, dessen Regeln sie ja doch nie begreifen werden.

Jedes Rednerpult ist eine Bühne, und der Redner weiß nur zu gut, daß die Leute die Rolle, die er spielt, eigentlich schon viel zu gut kennen und abwarten, ob es ihm gelingt, sie diesmal vielleicht doch einmal anders, aufregend neu und ein wenig glaubwürdiger als die letzten Male zu inszenieren.

Es gibt natürlich auch Bühnen für die hohle Hand, vertraute, vertrauliche Zwischenräume, in denen kaum mehr als zwei Platz haben. Solche Bühnen passen zwischen zwei Hits in der Disco, zwischen zwei Vorlesungen in der Uni, zwischen zwei Sätze im Konzerthaus, in das Schweigen im großen Monolog oder zwischen zwei kleine Ewigkeiten, nachts, im Stadtpark. Applaus ist nicht vonnöten und schon gar kein Publikum.

Schauplätze

Die Plätze des mittelalterlichen Wien waren Marktplätze – nur der Stephansplatz, heute der lebendigste von allen, war ein Friedhof. Die Grabsteine dienten später auch als Baumaterial für den Dom, und die Gebeine liegen heute wenig feierlich in den Katakomben zuhauf. Der Stephansplatz ist in jeder Hinsicht Mittelpunkt der Stadt, und der Dom ist nicht nur das schönste und gottgefälligste Wahrzeichen Wiens, er gehört auch zur unverzichtbaren Identität der Stadt, geliebt auch von jenen, die mit Frömmigkeit wenig im Sinn haben. Seit jeher schreibt der „Steffl“ Geschichte: Von der Türmerstube aus sahen die Verteidiger Wiens mit einigem Unbehagen die Türken heranziehen; als 1848 die unerträglich gewordenen Spannungen des Vormärz in eine blutige Revolution mündeten, wurde auch im Stephansdom gekämpft: Noch heute steckt eine Kugel von damals im Gemäuer. 1945 stand der Dom mit eingestürztem Dachstuhl als rauchgeschwärzte Ruine da. Seine Rettung war eines der ersten und der teuersten Bauvorhaben der Zweiten Republik, doch die hungernden und frierenden Wiener nickten beifällig: Wenn erst einmal der Steffl wiedererstanden war, hatte alles andere auch wieder Zukunft. Heute macht sich kaum einer von denen, die bewundernd den Kopf in den Nacken legen, Gedanken darüber, daß früher Tausende von mächtigen Holzbalken, manche bis zu 40 Meter lang, das gewaltige Dach trugen, unter dem heute eine prosaische, 650 Tonnen schwere Stahlkonstruktion steckt. Für die Beschaffung der passenden glasierten Dachziegel wurden nach 1945 sogar die Handelsbeziehungen der Donaumonarchie noch einmal lebendig: Die ehemaligen Fürstlich-Liechtensteinischen Ziegeleien aus dem früheren Unter-Themenau, dem heutigen Postorna in Mähren, hatten nicht nur den Krieg überdauert, sondern sich auch noch tradierte Fertigkeiten bewahrt.

Vom Stephansplatz aus erklärt sich die Wiener Innenstadt in ihrer gewachsenen Vielfalt; sehr dicht grenzen unterschiedliche Bereiche aneinander. Vom Graben, erst wirklich ein solcher, dann Gemüsemarkt, später Tummelplatz für splendable Flaneure und wohlfeile Hübschlerinnen, gelangt man zum Hof: Hier stand die Wiener Residenz der Babenberger, und die Feuerwehr logiert im ehemaligen Bürgerlichen Zeughaus, das vom wehrhaften Selbstbewußtsein der Wiener erzählt.

Über die Kärntnerstraße rollte früher der Fernverkehr Richtung Süden, und wo heute die Konsumgesellschaft so nobel wie nirgendwo sonst in Wien ihrem Namen gerecht wird, saßen noch im 18. Jahrhundert Kärntner und steirische

Fuhrleute in finsteren Wirtshäusern und fluchten und lachten, daß sich die Balken bogen. Die Rotenturmstraße setzt die Kärntnerstraße nach Norden fort und berührt jene Bereiche, in denen Wiens Anfänge liegen. Der nahe Hohe Markt ist der älteste Platz der Stadt, und hier war das Zentrum des römischen Vindobona mit dem Palast des Festungskommandanten. Im Norden der Innenstadt war aber auch, mit dem Judenplatz als Mittelpunkt, Wiens alte, durch Tore abgeschlossene Judenstadt zu finden. 1421 wurden ihre Bewohner erstmals grausam vertrieben und ihre Häuser in die Stadt eingegliedert. 1625 entstand im heutigen zweiten Bezirk ein neues Ghetto, das sich rasch zu einem wohlhabenden, schönen Stadtteil entwickelte, und das weckte Begehrlichkeit. Ein Vorwand – der angeblich von Juden verschuldete Brand der Hofburg – war rasch gefunden, und schon 1670 kam es neuerlich zur Ausweisung. Obwohl sich seit damals kein eigenes Ghetto mehr entwickelte, prägt das Leben der jüdischen Wiener bis heute ihre Wohnbereiche und gehört zum Wesen der Stadt. Die Nationalsozialisten konnten Synagogen zerstören, Menschen verschleppen und ermorden, aber sie brachten es nicht fertig, die Geschichte Wiens von der Geschichte seiner jüdischen Bürger zu trennen.

Nach Osten zu grenzt heute der stillste Teil der Innenstadt an den Stephansplatz. Das dunkle Blutgassenviertel war noch in den frühen 60er Jahren eine kaum bewohnte Ansammlung trauriger Abbruchobjekte, denn in einer Zeit der Plastikhemden und des Fertigbetons war es schick, am Stadtrand zu wohnen. Die alten Häuser wurden in letzter Minute dann doch noch gerettet, und heute wohnen jene darin, die sich auf die schöne Kunst verstehen, das Leben im Herzen der Stadt mit Stil zu genießen. Der mächtige Komplex des Heiligenkreuzerhofes, eine aus mehreren Häusern allmählich zusammengewachsene Stadt in der Stadt, ist uraltes Wien: Seltsamerweise finden sich unter Mauern aus dem 12. und 13. Jahrhundert Keller aus dem Barock: Der Platzmangel in der ummauerten Stadt machte es notwendig, Häuser nachträglich zu unterfangen. Dieses unterirdische Wien, oft mehrere Stockwerke tief, umfaßt die gesamte Innenstadt, und bevor sich Tiefgaragen und die U-Bahn dazwischenzwängten, war es durchaus möglich, den ersten Bezirk unter der Erde zu durchwandern. Am Heiligenkreuzerhof vorbei führt die Schönlaterngasse ins alte Universitätsviertel. Mit der Burschenherrlichkeit ist es dort allerdings schon lange vorbei, und auch am Ring und im neuen Institutsgebäude geht es eher um Lernleistung als um Gaudeamus. Wien hatte sich ohnedies lange genug dagegen gewehrt, eine moderne Großstadt zu werden und hockte dicht und dunkel zwischen den Befestigungen, während draußen die Vorstädte wuchsen und, als neue Nachbarn adeliger Lustschlösser, Fabriken gebaut wurden. In der ersten Hälfte des 19. Jahrhunderts war Wien ein Anachronismus, umgeben von neuen Strukturen, und als endlich die Mauern geschleift wurden, umarmte die Ringstraße erst recht wieder breit und anmaßend die Innere Stadt und wurde – gemeinsam mit der zweiten Stadtumkreisung, dem Gürtel – zum Verkehrshindernis für die radialen Ausfallstraßen.

Damals entstand auch ein Platz, der als Kaiserforum zum weltlichen Mittelpunkt der Stadt bestimmt war, weitläufig und großartig: der Heldenplatz. Triumphbögen sollten über den Ring hinweg zwei Flügel der neuen Hofburg mit den großen Museen verbinden, und die schon gebauten Hofstallungen boten sich als Abschluß dieses monumentalen Areals an. Doch dem zusehends brüchigen Gefüge des Habsburgerreiches entsprach dann doch eher ein eindrucksvoller Torso. Der Heldenplatz ist eine prächtige Bühne, wenn auch ihr Bauherr, der Kaiser, allen Grund hatte, die dort als Denkmäler verewigten Helden melancholisch ins Auge zu fassen: Als Prinz Eugen die Türken in die Knie zwang, war Österreich auf dem besten Wege zu Weltmacht; als Erzherzog Karl bei Aspern Napoleon besiegte, konnte er die Niederlage nur um einige Monate verzögern, und mit dem Frieden von Schönbrunn wurde das stolze Österreich um ein gutes Stück kleiner und um 3,5 Millionen Einwohner ärmer. Kaiser Franz Joseph, gegen Ende seiner Amtszeit schon mehr Konkursverwalter als Regent, hatte verständlicherweise wenig Freude an hohlem Pathos und blieb der neuen Hofburg fern. Einen anderen Machthaber allerdings zog die Theatralik dieses Platzes später geradezu magisch an: Adolf Hitler. Am 15. März 1938 wurde er bei einer „Befreiungsfeier“ von zahllosen Wienern stürmisch bejubelt. Unübersehbar waren die Menschenmassen aber auch, als Wiener Bürger am 23. Jänner 1993 auf dem Heldenplatz mit einem Lichtermeer drohende Schatten wieder aufkeimenden Fremdenhasses vertreiben wollten. Menschen, die auch ohne Gewalt Wesentliches bewirken, wären auch in der Lage, dem ein wenig verdächtigen Heroismus des Heldenplatzes einen neuen Sinn zu geben.

Die Städte in der Stadt

Mit dem Bau der Ringstraße umgab sich das alte Zentrum mit großartigen Bühnen für offizielle Auftritte repräsentativer Politik, Kultur und Wissenschaft. Daß diese Auftritte nicht immer unumstritten waren und sind, manchmal sogar recht peinlich gerieten, spielt auf lange Sicht kaum eine Rolle, und nicht einmal der Umstand, daß im Burgtheater zuweilen Politik gemacht wird, während es im Parlament tragisch-komisch zugeht, fällt wirklich ins Gewicht: Es gibt so etwas wie ein Wiener Urvertrauen in eine übergeordnete Kontinuität des gemeinsamen guten Willens, die allerdings immer erst dann zum Tragen kommt, wenn es schon ziemlich spät ist.

Die Ringstraße bedeutete aber auch eine explosionsartige Ausweitung des Stadtgebietes. Plötzlich bestand Wien aus zahlreichen Städten und Dörfern, die noch heute das Bild der Stadt bestimmen: ein Netz von Brüchen und Zusammenhängen, unterschiedlich von Bezirk zu Bezirk und auch innerhalb dieser nicht homogen. Als Wien nach dem Ende der Monarchie aus einem grausamen Alptraum erwachte, war Österreich sehr klein geworden, zu klein eigentlich für seine Hauptstadt, und das klassische Pathos des Parlaments, in dem die Erste Republik mit der Demokratie nicht zurechtkommen wollte, wirkte geradezu hämisch. Es ist schon seltsam, daß es erst in einem Wien, das nach dem Zweiten Weltkrieg in Trümmern lag, gelang, zu einer neuen und selbstbewußten städtischen Identität zu finden. Wien wurde aufgebaut, renoviert und modernisiert. Es gab ganz klare Grenzen: Was nach ehrwürdiger Vergangenheit aussah, war natürlich zu erhalten oder zu reparieren. An kuriosen Fassaden, deren falsche Pracht sich nicht im Inneren der Häuser fortsetzte, hing niemandes Herz. Was traurig, abgewohnt oder ärmlich aussah, konnte kaum mit sentimentaler Hinwendung rechnen. In der Zukunft sollte es also zwei Sorten Wien geben: eine Herzeige-Stadt und eine neue Wohnstadt, letztere vorzugsweise außerhalb, in befreiender Distanz zu den schäbigen, grauen Innenbezirken. Offizierswitwen, die gramgebeugt durch die schaurigen Hallen ihrer Ringstraßenwohnungen schlurften, erregten eher gleichgültiges Bedauern als Neid, und wer im Karl-Marx-Hof wohnte, verschwendete keinen Gedanken an die menschengerechte architektonische Qualität, die er nutzte, sondern faßte sehnsuchtsvoll die herrlich neue Welt aus Betonfertigteilen ins Auge. Menschen, die in der Innenstadt blieben oder am abgewohnten Spittelberg, taten das gewiß nicht aus romantischen Motiven. Stadterweiterung war auch dann noch die Devise, als es für das wachsende Wien immer weniger Einwohner gab. Bis 1984 liefen die Fertigteil-Fließbänder, setzten Kräne leichthin und ohne störende Kreativität Wohngehäuse zusammen, die längst in schmerzhaftem Widerspruch zu aktuellen Wertvorstellungen standen. Doch spätestens seit 1972, als die Energiekrise pädagogisch wertvoll bewies, daß es in Zukunft nicht zwingend von allem immer mehr geben würde, waren die billig gebauten Satellitenstädte nicht mehr ganz so begehrenswert. Urbanität war das Signalwort für die Trendwende: Es wurde wieder attraktiv, in der Stadt zu wohnen, eingebunden in die dichte Struktur städtischen Lebens. Nun war alles erhaltenswert, was Vielfalt ausmachte, Wien putzte sich zusehends heraus und geriet auch gleich in den Verdacht, mit betulicher Stadtmöblierung darüber hinwegzutäuschen, daß es noch immer zu wenig von dem neuerdings wieder begehrten Wohnraum im inneren Stadtbereich gab. Die Rückkehr der Wiener nach Wien schreitet auch heute munter fort, und der Anziehungskraft einer Einkaufsstadt auf der vordem grünen Wiese setzt man neuerdings innerstädtische Tempel des Konsums entgegen, neue Einkaufswelten mit ungewisser Zukunft: Diese späten Nachfolger der Passagen, wie sie um die Jahrhundertwende vor allem in Paris entstanden, sind konstruiert, nicht gewachsen, sie frieren den Zeitgeist einer Epoche ein, nicht fähig, glaubhaft Änderungen mitzumachen. Gute Architektur – den meisten fällt dazu ja doch das Haas-Haus ein – wird immerhin kostbare Patina ansetzen und dereinst auch als alte Hülle für neue Inhalte taugen; ist die Architektur jedoch banal, trägt sie den Keim einer künftigen Konsumruine schon in sich. Recht bald schon könnten die unwiderstehlich gestylten Mausefallen out sein, und dann werden vor ihrer öden Glätte sogar Hausbesetzer zurückschrecken.

Ein seltsam ambivalentes Kapitel der Stadtentwicklung stellt die Beziehung Wiens zur Donau dar. Dereinst gab es wenigstens vereinzelte Flußarme, die Wien berührten: So kam die Fischerstiege zu ihrem Namen. Nach einer rüden Begradigung war es nur noch dem Donaukanal gestattet, lustlos und übelriechend den stolzen Strom zu vertreten, während die Donau Wien rechts liegen ließ. Am linken Donauufer wirkt Wien seltsam unfertig. Der Donaupark ersetzt immerhin eine ehemalige Müllhalde, aber so richtig will sich das transdanubische Leben dort nicht entfalten. Der Donauturm, die Bürotürme der UNO-City und das Austria Centre Vienna gehören heute als markante Wahrzeichen zum Stadtbild, zum urbanen Leben jenseits des Flusses tragen sie kaum etwas bei. So verliert sich die Stadt, aus purer Verlegenheit wachsend, ins flache Land, ist schon auch Wien, aber eben nur irgendwie.

Ein städtisches Flußprojekt ist allerdings fast ohne Vorbehalte als Erfolg zu werten: Die Donauinsel. Schon 1918 gab es Pläne, für den Hochwasserschutz ein zweites Flußbett zu schaffen. In den 60er Jahren, als Wien so etwas wie eine zweite Gründerzeit erlebte, kam das Projekt wieder ins Gerede, 1954 setzte ein Hochwasser aufmunternde Akzente, und ein geradezu exemplarischer städtischer Planungsprozeß nahm seinen Anfang. Es ging ja längst nicht mehr nur um den Hochwasserschutz: Zu den wasserbaulichen Aspekten kamen Verkehrsprobleme, es galt den Bestand der Lobau und der Alten Donau zu sichern, und nicht zuletzt ging es um die Schaffung neuer Freizeitbereiche. Auf der Suche nach einer animierenden Bezeichnung für den Zweitfluß verfiel man auf das poetische Wort „Entlastungsgerinne“. Zwischen besagtem Gerinne und der Donau entstand eine 21 Kilometer lange Insel. Künstliche Landschaft und echter Kommerz paarten sich mit ungenierter Vitalität, und das Ergebnis war nicht weniger als ein betäubender Erfolg. Die Wiener, und nicht nur sie, nahmen ihre Insel mit herzerwärmender Vehemenz in Besitz, erfüllten sie mit unbändiger Vergnügtheit und bleiben ihr seitdem treu. Unbeachtet in all dem Freizeitgetümmel steht übrigens ein gewaltiges Pumpwerk, das unter dem Flußbett Abwässer zur Hauptkläranlage befördert – eine Stadt muß schließlich auch dort funktionieren, wo sie nicht nach Sonnenöl und Holzkohlengrill riecht.

Leib und Seele

Jede Stadt stapelt menschliche Existenzen, sortiert und vernetzt sie, versorgt und entsorgt sie; Unterschiede bestehen nur in der Qualität, in der diese Leistungen erbracht werden. Wien macht seine urbanen Hausaufgaben besser, als es die Wiener eingestehen wollen – anderswo in der Welt werden sie ohnedies nicht müde, die Vorzüge ihrer Heimatstadt zu preisen. Stellvertretend für andere städtische Nützlichkeiten soll hier wenigstens vom Wiener Trinkwasser die Rede sein. Nicht nur die Weltausstellung, der Börsenkrach, und die Cholera machten 1873 zum aufregendsten Jahr vor der Jahrhundertwende: Mit dem Hochstrahlbrunnen auf dem Schwarzenbergplatz wurde die erste Wiener Hochquellwasserleitung eröffnet und ermöglichte erstmals gezielte Wasserwirtschaft für die moderne Großstadt. Das köstlich klare Naß floß von der Quelle Kaiserbrunn im Höllental über die unglaubliche Distanz von 100 Kilometern nach Wien. 1910 folgte eine zweite Leitung von der Quelle in Wildalpen. Kaiser Franz Joseph, der für die erste Wasserleitung der Stadt seine privat mit Hilfe von Wasserreitern genutzte Quelle geschenkt hatte, brauchte 1910 nur noch seinen erlauchten Namen zur Verfügung zu stellen – im Vordergrund stand längst der tatkräftige Bürgermeister Karl Lueger. Die feierliche Eröffnung mitzuerleben, war ihm aber nicht vergönnt: Wenige Wochen zuvor starb er im Alter von 65 Jahren. Der Kaiser seinerseits, mit 80 auch nicht mehr taufrisch, ließ Erzherzog Ferdinand Karl in seiner Vertretung erscheinen. Seitdem ist Wien in der beneidenswerten Situation, Quellwasser aus dem Gebirge trinken zu können – und die Stadt hat großen Durst: Täglich verbraucht sie etwa 417.000 m^3 Wasser – der Neusiedler See wäre in einem Jahr ziemlich leer.

Vermutlich ist Wiens beneidenswerte Wasserqualität auch einer der Gründe für das hartnäkkige Überleben der Kaffeehäuser, unter deren unverzichtbaren Qualitätsmerkmalen das Glas Wasser besonders wichtig ist – zum Kaffee serviert und nach dem Kaffee serviert, damit die Zeit auch wirklich genügend Zeit findet, behaglich über die Ufer zu treten. Das Ende des guten, alten Kaffeehauses wird ja im Grunde genommen seit seiner Entstehung nach der zweiten Türkenbelagerung immer wieder prophezeit. In der Tat war es in seiner langen Geschichte oftmals von widrigen Zeitgeistern bedroht, doch Totgesagte leben lange und noch länger in Wien. In den hektischen 20er Jahren wurden aus vielen Kaffeehäusern Banken, 1930, als die Wirtschaft gänzlich darniederlag, wurden aus Banken Kaffeehäuser, von denen in jüngster Zeit wieder einige zu Banken wurden. Die Geldverwalter agieren neuerdings aber sensibler und haben den immerhin zwiespältigen Typus des Bank-Kaffeehauses erfunden. In den plastikverliebten 50ern kam das Espresso nach Wien; Hans Weigel nennt es mit boshafter Präzision ein „dehydriertes Kaffeehaus“. Doch es gibt noch immer Wasser zum Kaffee, und noch immer liegen Zeitungen bereit: Eine Reminiszenz an die Meinungszensur Metternichs, die den freien Verkauf von Zeitungen nicht erlaubte. Ein Abonnement konnte sich kaum einer leisten, also wurde das Kaffeehaus zur Lesestube und zur Brutstätte geistiger Freiheit. Im alten Café Griensteidl gab es sogar ein vielbändiges Lexikon zum Nachschlagen. Die Zeit der wortgewaltigen Kaffeehausliteraten, deren Pointen sich heutige Geistreichler so gerne zu eigen machen, sind lange vorbei. Sogar im Café Hawelka, wo Künstler, Bohemiens und begnadete Trinker, manche all das in Personalunion, einen Hexenkessel an Kreativität am Brodeln hielten, ist nicht mehr alles so, wie es war. Das liegt an den vielen Gästen, die kommen, um sich zu profilieren, statt Profil zu zeigen, an jenen, die keine bewundernswürdigen Spinner, sondern arme Narren sind, und an jenen, die überhaupt nur zuschauen wollen. Aber der alte Herr Hawelka hält den Genius loci unverdrossen und mit energischem Feingefühl am Leben. Doch irgendwann, kaum denkbar, aber irgendwann wird es ihn nicht mehr geben, und dann müssen wir über ein Café Hawelka trauern, das nur noch so heißt.

Es steht ja auch mit einem anderen Ort des Lustgewinns Wiener Prägung nicht zum Besten: Der Rummelprater gerät mehr und mehr zur grellen Vergnügungsmaschinerie. Es ist alles wieder ein wenig besser geworden, seit man Künstler herbeigepfiffen hat, deren Phantasie die sündhaft schönen Träume wieder leben läßt. Es gibt auch noch Stellen, wo der alte, behäbige Leichtsinn vergnügt Unfug treibt und wo sich Sensation, Skurrilität und Schießbudenromantik unkeusch vermählen. Außerdem hat der große Vergnügungspark einen kleinen Bruder, der sich aber so gut versteckt, daß ihn nur jene finden, die reinen Herzens sind und sich nicht entmutigen lassen. Hier ist es noch zu finden, das resche, fesche Wien, diese Mischung aus ordinärer Unschuld und ungenierter Lebensfreude, eingehüllt in den Geruch von sonnenheißen Wiesen, Knoblauch und Pitralon. Auf dem Laaerberg, hinter der wuchtigen Ankerbrotfabrik, gibt es einen Wald, groß genug für Kinder jeden Alters, und nicht so groß, daß man sich fürchten müßte. Die blanken Spiegel der ehemaligen Ziegelteiche sind leise, versöhnliche Metamorphosen einer düsteren Arbeitswelt, und der kleine Rummelplatz ist ein ungebärdiger Farbklecks im freundlichen Grün. Er war eines Tages einfach da, wuchs ein wenig, wurde nie groß und prächtig, aber überlebte bis heute. Spät genug, in den 50er und 60er Jahren, besann sich sogar die Stadt ihrer peinlich kahlen Stellen sowie der Menschen, die dort lebten, und schritt zu „Wohlfahrtsaufforstungen“: 270.000 Bäume schlugen mühsam Wurzeln in schlechte Böden, so wenig nahrhaft, daß eine Grenzsäule an der Laaer Straße noch immer den Namen „Magere Henne“ trägt. Heute ist der Laaer Wald schon richtig erwachsen, und dem „Butterteich“ oder dem „Blauen Teich“ sind ihre Vergangenheit als Lehmgruben nicht mehr an-zusehen. Ein paar Minuten weiter lauern gefüllte Bierkrüge mit weißen Schaummützen, läßt böhmische Blasmusik die Luft mit schwermütiger Ausgelassenheit erbeben, wirbeln die Propeller der Karussell-Flugzeuge, und die Steckerlfische räkeln sich ohnehin schon viel zu lange über der Holzkohlenglut. Die Tanzböden aber warten auf den wagemutigen Charmeur und das sittsame Weib, das auch nur ein Mensch ist.

Der böhmische Prater ist beruhigend überschaubar: Er hat zwei Ufer und zwei Enden, von denen jedes gleichzeitig ein Anfang ist. Immer dann, wenn der Durst oder der Hunger übermächtig zu werden droht, fügt sich mit unausweichlicher Zufälligkeit ein Wirtshaus in die Reihe der Etablissements, und immer dann, wenn die Farben, die Geräusche und die Gerüche gar ein wenig laut werden, öffnet sich leise, dämmrige Stille, verschrobene Einschichtigkeit. Der böhmische Prater lebt so vor sich hin, aus sich heraus, in sich hinein, und zu guter Letzt muß man ihn mögen.

Es ist eben gut sein im Reich der Sinne, das gilt auch für die Wiener Märkte, den Naschmarkt allen voran, wo sich die Wiener friedlich gustierend, kaufend, schnuppernd und kauend längst damit abgefunden haben, daß wenigstens hier den Türken im Verein mit dem restlichen Nahen Osten und dem Fernen Osten die Eroberung Wiens geglückt ist, wenn auch für den robusten Charme der einheimischen Standler immer noch Platz bleibt. Der Wiener Großhandels-Gemüsemarkt ist längst an den Stadtrand gerückt, am Wienfluß ballt sich die Vielfalt der Genüsse zu einem sehr privaten Kosmos, in dem jeder willkommen ist, der etwas Gutes anzubieten hat oder es als Käufer zu schätzen weiß. Als Gourmets und Phäaken sind die Wiener Weltbürger, in anderen Bereichen sind sie es nicht gar so gerne.

Den Naschmarkt und das Wiental entlang führt der Weg ohne Umschweife in eine nicht minder vielsprachige Welt, nach Schönbrunn. Hier inszeniert sich die kaiserliche Residenzstadt Wien in ungetrübter Pracht, die Majestäten sind eben erst gegangen, und keinen würde es wundern, kämen sie wieder. Mag auch ein republikanischer Präsident die Stirn haben, in der Hofburg zu sitzen, in Schönbrunn regiert das Angedenken an den Kaiser, hier gibt er aller Welt Audienzen sonder Zahl, gegen Eintrittsgeld natürlich, denn die Zeiten haben sich geändert. Wie überall an vielbesuchten Plätzen ist es auch in Schönbrunn ganz einfach, sich aus der Menge zu stehlen und eigene Wege zu gehen. Dann wird es still ringsum, und die Gedanken sind beim Kaiser. 18 Jahre war Franz Joseph alt, als er mit den traurigen Worten „Lebwohl, meine Jugend" sein Amt antrat; im 86. Lebensjahr starb er am 21. November 1916 in Schönbrunn. Ob er die Römische Ruine im Schloßpark mochte? Wohl eher nicht, denn verstiegene Romantik war nicht seine Sache. Vermutlich hat Elisabeth eher Gefallen daran gefunden, wenn sie, selten genug, einmal an seiner Seite in Wien war. Für die Römische Ruine, nicht sehr glaubwürdig einem antiken Vorbild nachempfunden, wurden übrigens Bauteile von Schloß Neugebäude verwendet. Wir erinnern uns: Simmering, der Zentralfriedhof.

Die Totenstadt und Schönbrunn, zwei Schlösser, eines hingesunken, eines so gut wie neu, das eine visionärer Schauplatz einer verhinderten Weltausstellung, das andere weltweit bestauntes Kulturgut. Irgendwo dazwischen liegt Wien.

Das praktische Denken, das stets auch einen politischen Faktor hat, und der universale Blick - diese beiden tragenden Werte sind typisch WIENERISCH ~~florentinisch.~~ Der Geist von WIEN ~~Florenz~~ ist immer wohltuend nüchtern. Und er hat jene Freiheit, die auch etwas Politisches an sich hat, die glanzvolle Freiheit eines riesigen Horizonts. So ist dieser Geist sehr provinziell und weltbezogen zugleich.

ALFRED HRDLICKA
Bildhauer

Meine Liebe ist zu alt und innig, als daß ich Schönbrunn als historischen und kunsthistorischen Gegenstand auffassen könnte. Für mich ist's und bleibt's seit Kindheitstagen der schöne Brunnen seelischer Erfrischung.

Gregor von Rezzori
Schriftsteller

Schloß Schönbrunn und Gloriette

Gipsmodelle der Gartenfiguren von Schloß Schönbrunn

Toter Tage bleicher Schatten
Tauchst du immer wieder auf,
Willst du nimmermehr ermatten,
Ahnst du nicht der Zeiten Lauf?

Willst du endlich nicht erfrieren
An dem Eis, das mich umgibt?
Mußt du ewig rastlos irren,
Weil dies Herz dich einst geliebt?

ELISABETH · *Kaiserin von Österreich*

Uhrenkabinett, Hofmobiliendepot

Funeralkronen der Habsburger

Ringstraßendenkmäler im Gipsmodell, Hofburgkeller

Köpfe verwehter Geschichte

Das Bild gefällt mir nicht.
Jeder dieser hohlen Gipsköpfe ist das Abbild eines einmal mehr oder minder bekannten Menschen.
Platitüden wie: „Das ist der Lauf der Welt" oder „Letzte Station: Misthaufen der Geschichte" liegen mir nicht.
Auch die Vorstellung, daß dieses Bild ein Menetekel für allzu Ehrgeizige sein könnte, stimmt mich nicht positiv.

ERIKA WEINZIERL
Historikerin

Kriminalmuseum, Rekonstruktion des Attentats auf Kaiser Franz Joseph I, 1853

Die Feldherrnhalle im Heeresgeschichtlichen Museum

Reiterstandbild am Dach der Oper

Da halten sie Wache, die steinernen Feldherrn von einst. Ewig werde ihr Tatenruhm weiterleben, hat man ihnen einst am Grab nachgerufen. Heute sind sie Museumsgut. Immerhin, kühl und dämmrig ist es in der Eingangshalle des Heeresgeschichtlichen Museums. Das spüren die jungen Besucher, die die Last der Geschichte nicht zu drücken scheint. Man sollte öfters hingehen in diese einzigartige Schatzkammer österreichischer Militärgeschichte, ehe die Überlieferungen für immer von den Stürmen des Zeitgeistes verweht sind.

HORST FRIEDRICH MAYER · *Historiker und TV-Moderator*

Rudolp
der Sanftm
Blank
v. Frank
Elisab
v. Böhm

Wilhelm
der Höfliche.
Sigismund
der Münzreiche.
Eleonora Stuart.
Katharina v. Sachsen.
Radagund von
Frankreich, Braut

Ein Biedermeierzimmer im Museum der Bundesmobilienverwaltung

Bibi und Büberl, die Lieblingskanarienvögel Kaiser Franz' I.

„Wiener Teller“, eigentlich Dekorationsstücke, wurden unter Kaiser Franz Joseph I. auch zum Essen benutzt

Der Besuch mußte auf einem der lyraähnlichen, wichsleinwandbezogenen Kirschholzstühle Platz nehmen und bekam ein dampfendes Glas Punsch vorgesetzt, auf dem eine faustdicke Stritzelschnitte voll Citronat und Rosinen duftete.
Welche Freude er doch ins Haus brachte! Eynhuf kam nicht mit leeren Händen, schenkte er doch dem lebhaften Annerl ein lustiges Gesellschaftsspiel: „Die Reise von Dingsda ins Pfefferland“, während er die mehr sinnige Leopoldine mit: „Übelhörs kleinem Zeitvertreib“ beglückte, Ausgabe „B“ für geistig etwas zurückgebliebene Kinder, ein Geduldspiel, das unter Garantie niemals ein Resultat zeitigte.

Fritz v. Herzmanovsky-Orlando · *Schriftsteller*

Das k. k. Tafelgeschirr wurde von der Wiener Porzellanmanufaktur gefertigt

Unser Kaisergedeck hat bei Staatsbesuchen einen Vorteil – man kann immer noch über das Geschirr reden.

Das österreichische Staatsbesuchsgedeck mit dem Doppeladler erfreut sich nicht nur wegen der erwähnten Kommunikationshilfe seit mehr als einem Jahrhundert ungebrochener Beliebtheit bei Staatsbanketten. Trotzdem wird für die Republik ein neues, modernes Staatsbesuchsgedeck angeschafft werden – nicht um mit dem monarchistischen Erbe zu brechen, sondern, überspitzt formuliert, weil die Suppentassen ausgehen.

Alois Mock
Außenminister a. D.

In der Kapuzinergruft

Hier schläft mein alter Kaiser, *Seine k.k. Apostolische Majestät, Franz Joseph der Erste.* Er schläft in einem einfachen Sarg, der noch einfacher und schmaler und anspruchsloser ist als das Bett, in dem er zeit seines Lebens im Schloß zu Schönbrunn zu schlafen gewohnt war, und die Majestät, die ihn zeit seines Lebens umglänzt und die er dargestellt hatte, verbündete sich mit der Majestät des Todes, des Kaisers aller Kaiser ...

JOSEPH ROTH · *Schriftsteller*

Das Maria Theresien-Denkmal, an dessen Bronzefiguren Kaspar v. Zumbusch 13 Jahre lang arbeitete

Maria Theresia – die Schwiegermutter Europas. HELLMUT ANDICS · *Historiker*

ich habe zur restaurierung alter meister im allgemeinen ein sehr schlechtes verhältnis. das schlimmste ist, wenn die herrn kunst- und kulturerhalter es wagen, in das kunstwerk hineinzumalen, d.h. mit tizian, michelangelo usw. einen vermessenen wettbewerb eingehen wollen.
viele kulturgüter sind auf diese art ruiniert worden. ich denke neuerdings an die sixtinische kapelle. konservierung lasse ich mir einreden, aber auch da wird viel unverantwortlich experimentiert und unfug angerichtet. ich bin der meinung, daß die pathologischen säureschütter und bildzerstörer weniger gefährlich sind als die staatlich bezahlten kulturvernichter.
freilich kenne ich auch ausgezeichnete, verantwortungsvolle restauratoren.

Hermann Nitsch
maler

Foyer und Restaurierungswerkstätte des Kunsthistorischen Museums

FREMDENZIMMER

Dies also ist die ausgestopfte
Welt, dachte ich. Mitten
in Wien, nur wenige Schritte
von Hofburg und Parlament,
Oper und Volksgarten entfernt.
Eine steinerne Arche Noah,
voll der Nashörner und funkelnden
Käfer, Mambas und Kondore,
Quallen und Elche.
Ein Depot der Erinnerungen an
Gottes schönste Werke aus seiner
manischen Phase ...

ANDRÉ HELLER
Poet

Präparierte Welt im Naturhistorischen Museum

Gäa, die Urmutter Erde der Griechen, thront am Dach der Nationalbibliothek

Wien ist anders – nämlich origineller und romantischer – mit einem Wort eben schöner! HELMUT ZILK · *Alt-Bürgermeister*

Im Prunksaal der Nationalbibliothek stehen die 16.000 kostbaren Folianten aus der Sammlung Prinz Eugens von Savoyen

Überall, nicht nur in unserem eigenen Leben, ist das Buch Alpha und Omega alles Wissens und jeder Wissenschaft Anfang. Und je inniger man mit Büchern lebt, desto tiefer erlebt man die Gesamtheit des Lebens, denn wunderbar vervielfacht, nicht nur mit dem eigenen Auge, sondern mit dem Seelenblick Unzähliger sieht und durchdringt dank ihrer herrlichen Hilfe der Liebende die Welt.

STEFAN ZWEIG · *Romancier*

Es ist für mich sehr eindrucksvoll, die Scheu und zugleich die Ehrfurcht der Betrachterin vor einem anatomisch präparierten Körper zu sehen.
Ihre anfängliche Scheu scheint mir durch die aufkommende Neugier zögernd überwunden zu werden, um schließlich einer Faszination dieser naturalistischen und schonungslosen Darstellung anatomischer Details im Aufbau des menschlichen Körpers zu weichen.

ANTON NEUMAYR
Arzt

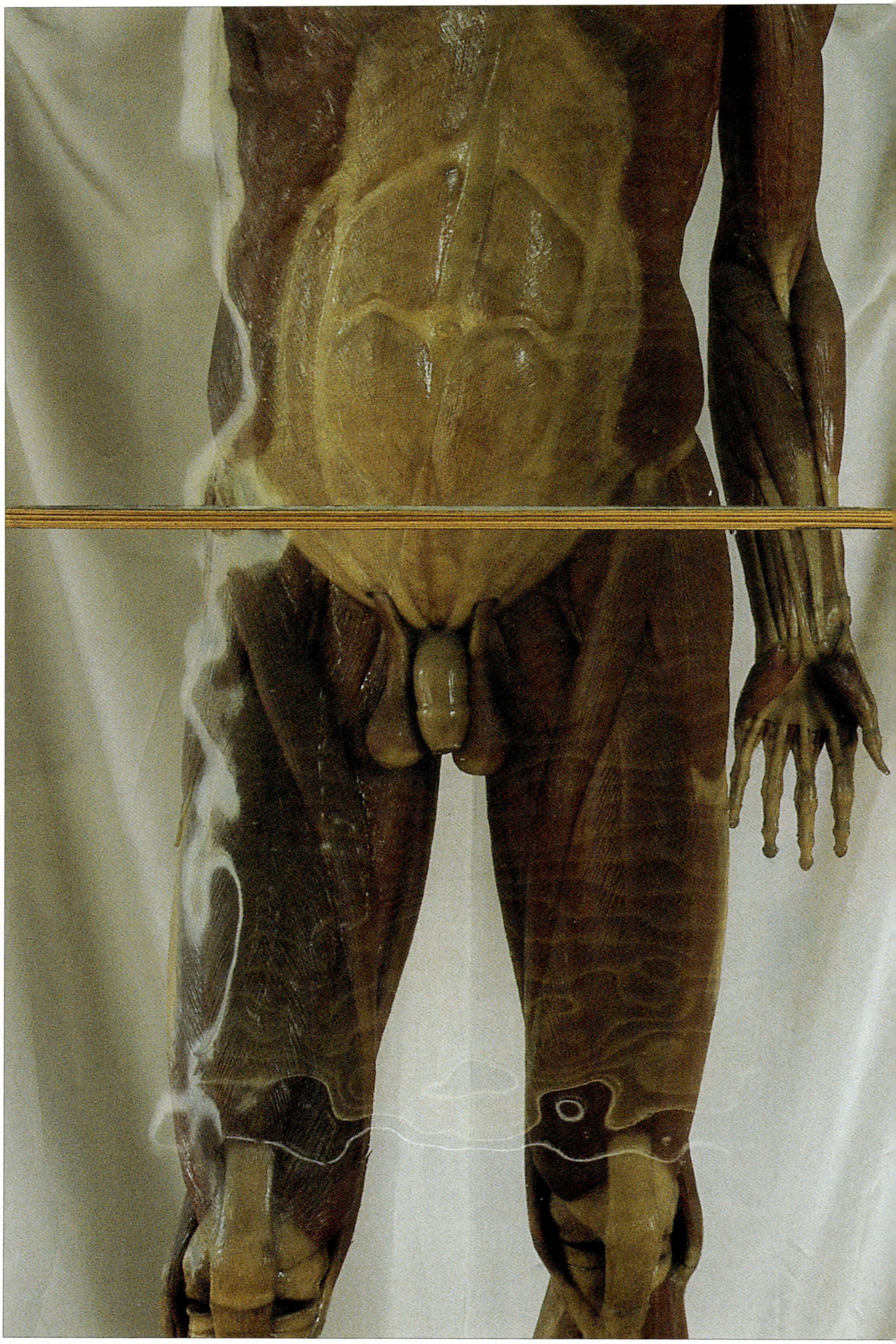

Im Josephinum

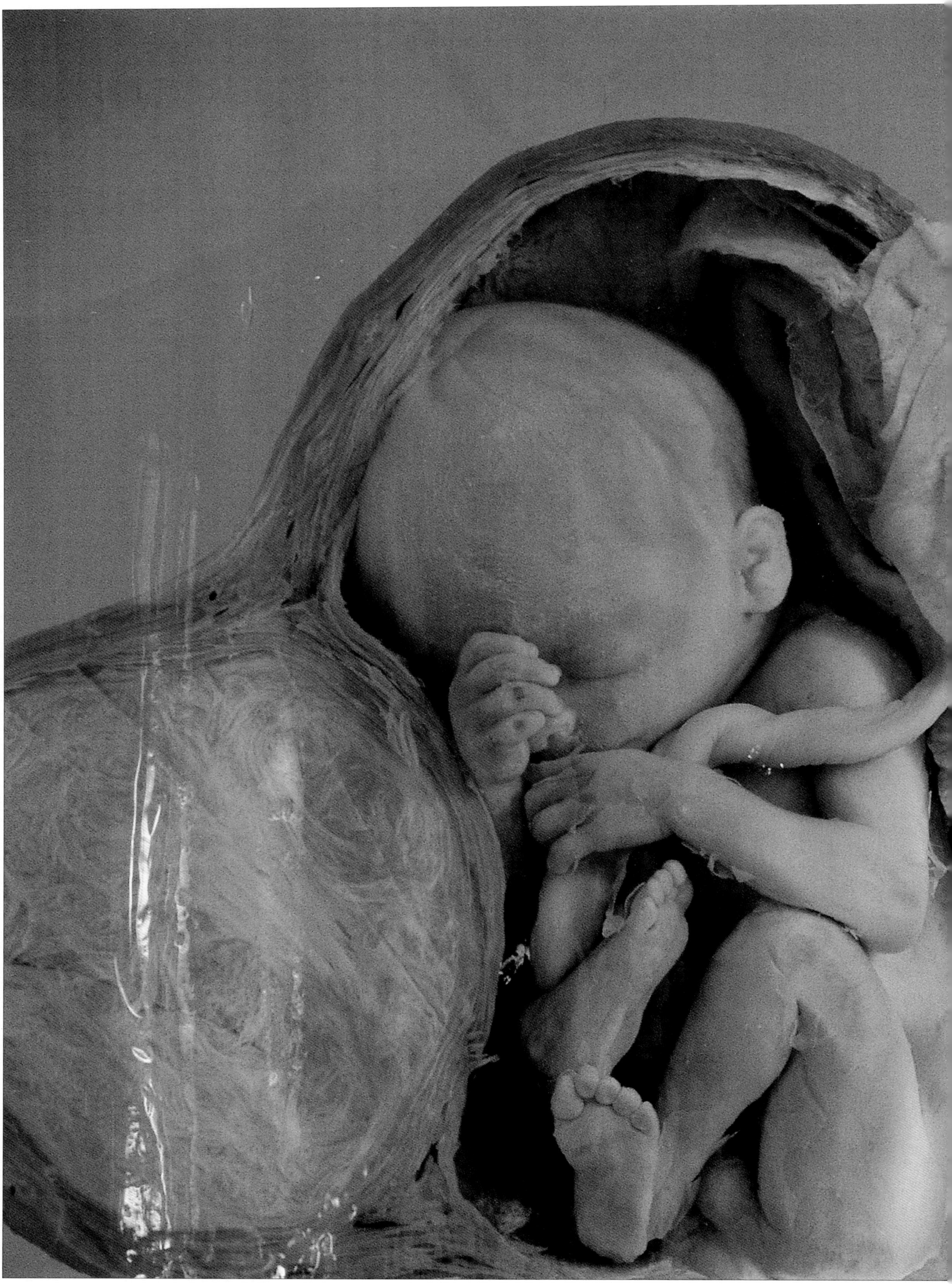

Ein Meer des Elends, denke ich mir, hat diese Geschöpfe und Organe an den Strand der Wissenschaft gespült, wo sie zergliede

Zwei der 42.000 pathologischen Präparate im Narrenturm

n Formol und Kaiserling aufbewahrt, numeriert und katalogisiert wurden wie Fische und Muscheln. Gerhard Roth · *Schriftsteller*

Am Dach des Burgtheaters

Einige unserer Städte werden vor anderen ausgezeichnet und Musikstädte genannt. Man muß sich darunter Städte vorstellen, in denen die viele dort erklungene und verklungene Musik Architektur geworden ist. Es sind Städte mit Dur- und Mollstraßen, Dreiviertel- und Vierviertelverkehr, Grünpausen, chromatischen Treppen, Parks voll Divertimenti und einem Himmel darüber, der eine unvergängliche Farbensinfonie ist.

INGEBORG BACHMANN
Schriftstellerin

Mitternachtseinlage beim Opernball

Der Wiener Opernball erfüllt für eine kurze Nacht die Illusion von einer „heilen Welt“ wie sie die Kinder träumen. Eine Welt, in der die Aschenbrödl Prinzessinnen mit glitzernden Krönchen im Haar werden können, die am Arm ihres Prinzen tanzend übers Parkett schweben, wo die Mütter und Väter sich als König und Königinmutter fühlen, wo selbst die High-Society und die hartgesottensten Banker sich mit ihren Gästen tanzend freundschaftlich verbrüdern. Wie sagt doch Lessings Nathan so weise: „ ... nicht die Kinder bloß speist man mit Märchen ab ...“

Lotte Tobisch-Labotýn
Organisatorin des Opernballs

Das Staatsopernballett probt den Donauwalzer für das Neujahrskonzert

Ich sah im Zirkus eine Ele
fantennummer und fand
die Elefanten graziös wie
eine Wiener Opernballetteuse
und dachte mir hernach
ein wenig dicker sind die
Elefanten schon doch dafür
ohne Zweifel klüger und
tags darauf schrieb ich das
auf und ein paar Wochen
später fand ich die Notiz
und dachte mir wenn ich
das irgendwann einmal
verwende dann liest das
wies der Zufall will
ein Mädchen vom Ballett und
alle andern hassen mich mit
ihr die Elefanten aber werden
auch in hundert Jahren von
meinen Lobesworten nicht er
fahren und wenn man sich
schon Feinde machen will
dann ist das zweifellos die
dümmste Art und deshalb
ist es wohl am besten wenn wir
die ganze Angelegenheit ver
gessen

ERNST KEIN
Lyriker

Hinter den
Kulissen
im Theater
in der
Josefstadt

Josefstädter zu sein ist eine ansteckende Krankheit, die man sein ganzes Leben lang nicht mehr los wird.

OTTO SCHENK · *Theaterdirektor*

Ich kenne das Nachtleben von New York und von Grammatneusiedel. Das Wiener liegt irgendwo dazwischen.

Im Nachtwerk

Der Duft des Orients.

HEINZ WERNER SCHIMANKO
Nachtclubbesitzer

Im Hotel Orient

Am Stock-im-Eisen-Platz

Die Architektur hat keine Lösung. Die Strategie der Architektur operiert auf der Matrix von divergenten Unmöglichkeiten. Die Architektur hat eine zu wählen und zu verantworten.

WOLF D. PRIX, COOP HIMMELBLAU · *Architekt*

Hoffmann Miniatursessel

Bognergasse, Innere Stadt

Kleider machen Leute! Kunst und Kultur machen eine Stadt. ELISABETH FALLENBERG · *Ex-Topmodel*

Die gute alte Zeit

Liebe Omama sag,
war'n die herrlichen Tag,
Bei dem hamlichen See,
War'n die wirklich so sche?
Auf der Decken im Gras –
Ich weiß, sein Schnurrbart war naß,
Und du, du zählst die Blatteln im Wind,
Und fragst dich: Geht das immer so g'schwind?
Und der Teufel schwarz, und die Schand is haß,
Die Stricknadel spitz wie a hungrige Maus.
Liebe Omama sag, war'n die herrlichen Tag,
War die Zeit voller Bluat,
War die wirklich so guat?

Dolores Schmiedinger
Schauspielerin · Kabarettistin

Im Kunstpalais des Dorotheum

Ihr Auftritt bitte, aber bitte mit Stil – Skulpturen und Bilder harren geduldig, bestmöglich photographiert zu werden, um dann an den gemütlich dunkelroten Tapeten zur Schau gestellt zu werden – es waren schöne Zeiten – tempi passati.

AGNES HUSSLEIN
Kunsthistorikerin

Was man von der Kunst lernen kann, ist schauen. Unter den Tausenden von Bildern, die uns überfluten, jenes auszusuchen, das lohnt. Aus dem hektischen Strom unseres Alltags auszuscheren und innezuhalten; ganz genau zu schauen – und dann, vielleicht zum ersten Mal, zu sehen.

Otto Hans Ressler
Wiener Kunstauktionen

Gold und Silber sind auch Ausdruck der Qualität unseres österreichischen Schilling. Die kunstvolle Formung des Materials hat in Wien Tradition. Möge unser Handwerk den Qualitätserfolg auch im größeren Europa finden.

MARIA SCHAUMAYER
Präsidentin der österr. Nationalbank a. D.

Antiquitäten Sonja Reisch

Wir Schätzen Werte
DOROTHEU

Ah! Ein Bild im Bild, Tatort Dorotheum. Und so symbolisch für die geliebte Stadt. Der Rahmen kommt notfalls auch ohne Inhalt aus, so wie die geliebten Schauspieler ohne kluges Stück, die schönen Sängerinnen ohne Stimme. Das ist der ewige Vorzug Wiens: Die Vergewaltigung der Vernunft durch die Strahlkraft des Scheins. „Form follows function“ ist ein Leitsatz für Designer. „Function follows form“ ist ein Leitsatz für die Hauptstadt der Welt.

HELMUT A. GANSTERER
Herausgeber und Chefredakteur „trend“

Belasset Häusern ihre Falten und manchen Hinterhöfen ihren Wildwuchs. Bewahret letzte Gstätten, Winkel, Örtlichkeiten und

scheinbar brüchiges Gemäuer in ihrer edlen Welkheit.

CAFÉ
Sperl

Jedes Theater hat „sein Café“ ... Bei meiner Arbeit im Theater an der Wien hab’ ich das Sperl liebgewonnen. Eine Sacher, eine Melange mit einem bisserl Schlagobers drauf, ein gutes Gespräch, das gewisse Caféhaushintergrundgeräusch (so klingt es nur im Caféhaus), das sind gute Lebensmomente. Das Sperl muß bleiben. Es ist ein Stück dieser Stadt.
Ich schreib’ so gern das Wort „Café“. Café ist doch eine Gegenwelt zu Kaffee. Ich trinke ersteres lieber.

ELFRIEDE OTT · *Schauspielerin*

Der legendäre Herr Leopold beim Frühstück im eigenen Café Hawelka

Hier
habe ich
ATMEN
gelernt.

GEORG
DANZER
Liedermacher

Erstes Erleben des Kipferls an sich: mit fünf Jahren in der Bäckerei Pflamitzer, und sofort der Biß in eines der knusprigen Enden. Die verfeinerte und viel später erfahrene Mondform der Conditorei Demel glich meinem Kinder-Kipferl wie der Jüngling aus gutem Haus einem Lausbuben.

ERIKA PLUHAR · *Schauspielerin*

Hans Holleins Haas Haus

Ein (vertikaler) Tunnel, ein Sog ins Unendliche ... Die Dynamik der Architektur in Synergie mit dem Photo.

HANS HOLLEIN · *Architekt*

Ein schöner Rücken kann bekanntlich entzücken. Hochzeit so hoch hinaus ist wirklich würdig.

Erich Lessing
Fotograf

Haas Haus und Stephansdom

Fiaker am Stephansplatz

I führ' zwa harbe Rappen,
mein Zeug dös steht am Grab'n,
a so wie dö zwa trappen
wer'ns net viel g'sehen hab'n,
a Peitschen a des gibt's net
ui jesses nur net schlag'n,
das allermeiste wär tsch', tsch',
sonst z'reißens glei' in Wag'n.
Vom Lamm zum Lusthaus fahr' i's in zwölf Minuten hin;
mir springt kanns drein net in Galopp,
da geht's nur allweil trapp, trapp, trapp,
wann's nachher so recht schießen, da spür i's in mir drin,
daß i die rechte Pratzen hab, daß i Fiaker bin.
A Kutscher kann a jeder wer'n,
aber fahren kinnans nur in Wean.
Mein Stolz is, i bin halt an echts Weanerkind,
a Fiaker, wie man net alle Tag find't,
mein Bluat is so lüftig und leicht wie der Wind,
i bin halt an echts Weanerkind!

Wiener Fiakerlied

Postsparkasse von Otto Wagner

Wenn die Post
nicht mehr gut
funktioniert,
nützt auch der
schönste Engel
nichts.

ADOLF HOLL
Theologe

Gustav Klimts Beethovenfries in der Wiener Secession

Klimt hat sich die Sehnsucht der Menschheit nach dem Glück gedacht.
So ungefähr, sei hinzugefügt, denn Allegorien soll man gar nicht ganz verstehen.

LUDWIG HEVESI
Chronist der Secession
Feuilletonist

Liegende Frau von Egon Schiele, Sammlung Leopold

Trotz meiner pornographischen Schlagseite wurde ich nur sehr selten im Zusammenhang mit Schiele genannt. Soviel ich mich erinnern kann, sagte Friedrich Hundertwasser 1962 – laut „Salzburger Nachrichten“ – zu dem Kunstkritiker Ernst Köller vor meinem „Gekreuzigten“ im Museum des 20. Jahrhunderts: „Hrdlicka ist der Schiele unserer Zeit.“ Nun, das bin ich weder vom Anspruch her noch von der Absicht.

ALFRED HRDLICKA
Bildhauer

Kauerndes Paar von Egon Schiele, Sammlung Leopold

Wien hat vor allem
die Künstler gern,
die schon tot sind.
Klimt und Schiele werden
gerne hergezeigt.
Daß Wien aber eine Stadt
ist, in der viele Meister/Innen
von morgen werken, weiß
man vor allem im Ausland,
in Wien redet man lieber
über Kunst und wie sie
sein sollte.
Die Künstler/Innen wissen
das und schaffen umso
bessere Werke.

Ernst Hilger
Galerist

Das Museum
als Kunstinstitution in
seiner momentanen Unfähigkeit,
sich neuen Herausforderungen zu stellen,
wandelt sich – unter dem Beifall eines
schöngeistigen, genußorientierten
Publikums – mehr und mehr zu einer
gelungenen Mischung von Kunstunternehmen
und Kunstfriedhof: hinter schillernder
Selbstdarstellung beängstigende
Totenstille.
Geboren aus dem Geist der Denkmalpflege
und realisiert im Sinne des obersten
Gesetzes, das diese Stadt beherrscht –
der Vermeidung öffentlichen Ärgernisses –,
entstehen neue Museen für alte
Sammlungen, historische Gebäude als
Fassaden für ein neues Haus
moderner Kunst, allerlei Prächtiges und
Exotisches. Die zunehmend inszenierte
und an den Erwartungshaltungen des
Publikums orientierte Vielschichtigkeit
ergibt aber weder das erwünschte
spannungsreiche Gefüge, noch führt sie zu
einem tatsächlichen Aktualitätsbezug.
Vorrangige Aufgabe eines Kunstmuseums
kann es daher nur sein, sich den
tatsächlichen zeitgenössischen Blickwinkeln
auszusetzen, um zurückzufinden
zu einer Substanz, zu einer
eigentlichen Aufgabe, die sich
an der Gegenwart der Kunst
und ihren unaufhörlichen
Veränderungen
orientieren muß.

PETER NOEVER
Museumsdirektor

Richard Gerstl, Selbstbildnis vor blauem Hintergrund

In der Synagoge wird am Vorabend zum Purim-Fest aus der Esther-Rolle gelesen

Unsere Synagoge hat eine blaue Kuppel mit Sternen, die den Himmel symbolisiert. Auf diesem Bild scheint es möglich, daß unsere Gebete wirklich in den Himmel fliegen.

Chaim Eisenberg
Oberrabbiner

Jüdisches Museum, Installation Theodor Herzl

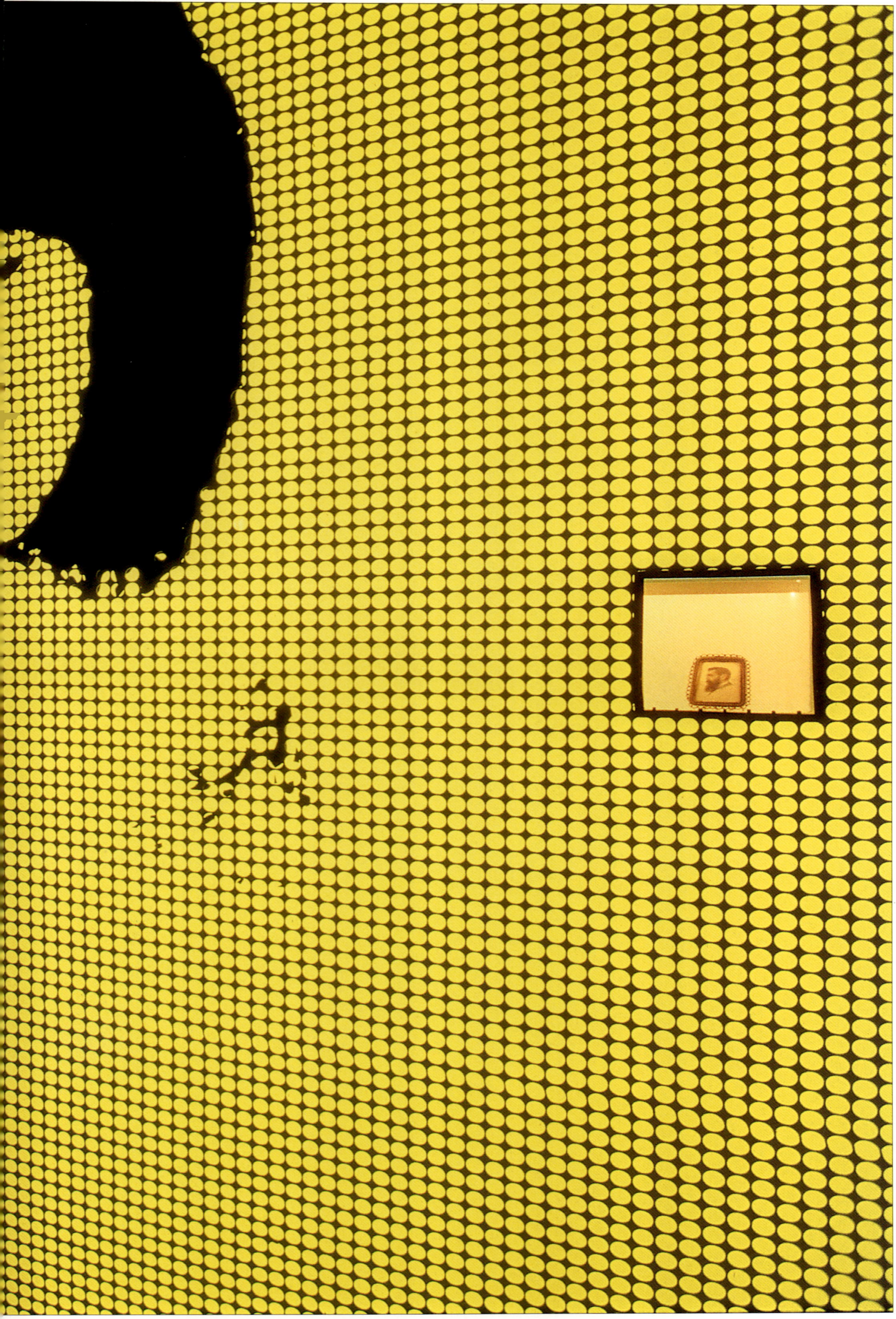

Dr. Theodor Herzl hat als Gründer des Zionismus das Leben jedes einzelnen Juden aufgewertet. Die in seinem Buch „Der Judenstaat“ enthaltenen Ideen wurden fünf Jahrzehnte nach seinem Tod Wirklichkeit, und damit hat das Jüdische Volk seinen Platz in der Völkerfamilie eingenommen.

SIMON WIESENTHAL
Historiker
des Holocaust

Flakturm im Fasangarten

Die einzig brauchbare Gebrauchsarchitektur der Nationalsozialisten wird nach meiner Auffassung in eine märchenhafte Stimmung versetzt, der ich wenig abgewinnen kann, da Romantik mich keineswegs in irgendeiner Form anregt und mir das Bewußtsein oder die Bewußtwerdung dieses Bildes nicht ermöglicht. Schaue ich nur zufällig hin, ergibt sich jene herbstliche Trostlosigkeit, die mich trübsinnig macht, so daß ich auch in diesem Fall jeder konkreten Vorstellungskraft ausweichen muß. Die Qualität dieser Aussage ist mir zu verfänglich und total unklar.

Oswald Oberhuber
Rektor der Hochschule für angewandte Kunst

Wartezimmer in der ehemaligen Wohnung Siegfried Freuds in der Berggasse

Wiener Stadtkanalisation und Filmkulisse für „Der dritte Mann“

Ich will das Verdienst Freuds, dieses einmaligen Genies, wahrlich nicht schmälern, aber es war nicht schwer, in diesem Land die Neurose zu entdecken; ja, bei uns mußte es geschehen, wo denn sonst, weil es hier einem sozusagen in die Augen sprang und man es auf die Dauer nicht übersehen konnte.

ERWIN RINGEL · *Psychoanalytiker*

Petzner-Masl, Woitschkerl-buam, Korschinek-Vickerl, Nezwerka-Pepi. Is Ihna des a Begriff? Ah naa – Se san ja jung ... Sie wissen ja nicht, was Heiterkeit war, echte Fröhlichkeit! So a Hetz wia damals ham ma nie mehr g'habt! In Prater ... an der Donau ... mit de Madln ... bein Wasser ... I bin ja nie einigangen ... i hab net schwimmen können ... I hab Ihna ja eh derzählt, wia i s' mitn Schmäh übernommen hab, de Trampeln. I hab nie ins Wasser gehn müssen ...

Der Herr Karl
Helmut Qualtinger · Carl Merz

Buddha der Erleuchtete sprach:
Oh Wiedergeborener, lach!
Jetzt stehst Du auf dem Dach
Der goldenen Wiener Pagode
Und sprichst die Wiener buddhistische Ode:
„Buddha der Erleuchtete sprach:
Oh Wiedergeborener ...“
Da capo sine al fine.

GÜNTHER NENNING
Publizist

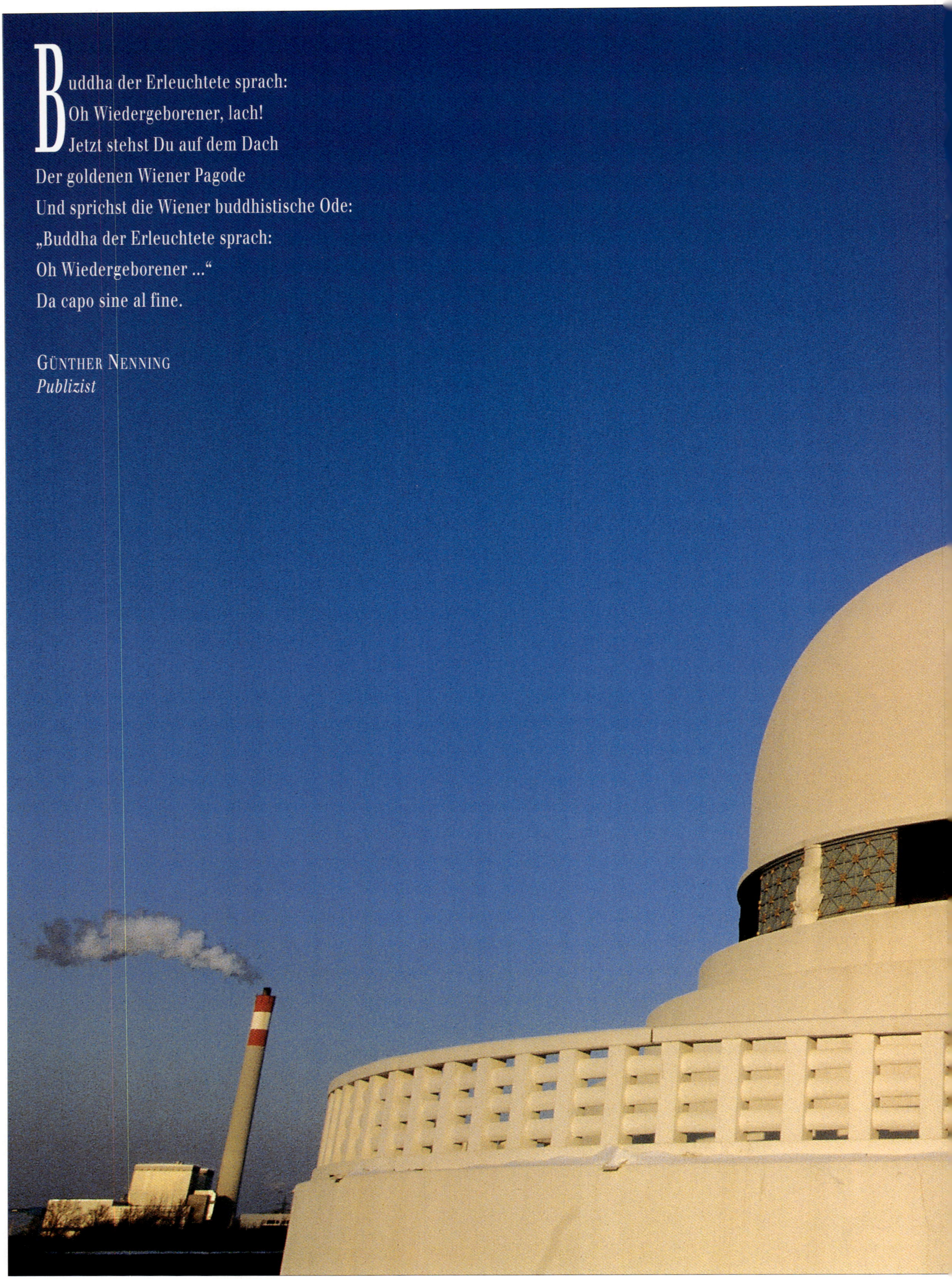

Buddhistische Pagode am rechten Donauufer

O mein rosenfarber mund
wie bist mir sehr erblasset
ich kann es noch nicht fassen
daß mir man schon die lichter tragt
durch einen tränennebel . .
die vögel schrein aus feuchtem grund
der kannibal der truhen
hat dich zu tiefst ins herz geküßt
der abend ist gefallen diese stund
auf deinen leib so kühl und jäh
ade . .
ade du zeit der schäferei
und grüß dich dunkles käferreich
ich steh vor deiner mauer . .
schon kommen sie mit fackeln . .
mit viel gebet und prozession
naht sich der trauerhaufen –
mit stillverhaltnem atmen
zerschneidet man das letzte brod
und ich allein am weißen tuch
seh nimmer mond noch sterne . .

H. C. Artmann
dichter

Gruft in der Michaelerkirche

Mozartgrab auf dem Marxer Friedhof

Schöner wäre es, wenn die „Großen“
zu Lebzeiten geehrt worden wären.

Ioan Holender,
Direktor der Wiener Staatsoper

Johann-Strauß-Grab auf dem Zentralfriedhof

Austria regiert
in historischem Gewand

Papa, Otto und ich improvisierten ein kleines Fest für Mama. Man hat ja schließlich nicht alle Tage jemanden in der Familie, der den Text der Bundeshymne geschrieben hat.
Außerdem gingen uns die Worte jetzt schon ganz gut ins Ohr.
Mama setzte sich ans Klavier und sang uns mit ihrer lieben, kleinen Altstimme die erste Strophe vor:

Land der Berge, Land am Strome,
Land der Äcker, Land der Dome,
Land der Hämmer zukunftsreich!
Heimat bist du großer Söhne,
Volk, begnadet für das Schöne,
Vielgerühmtes Österreich.

FRITZ MOLDEN
Schriftsteller

Pensionsversicherungsanstalt am Donaukanal

Es gibt Fälle,
wo das Licht,
die Sonne
und der Fotograf
bessere Wirkung
erzielen als der
Architekt.

Gustav Peichl
Architekt

Erste Tage im Allgemeinen Krankenhaus

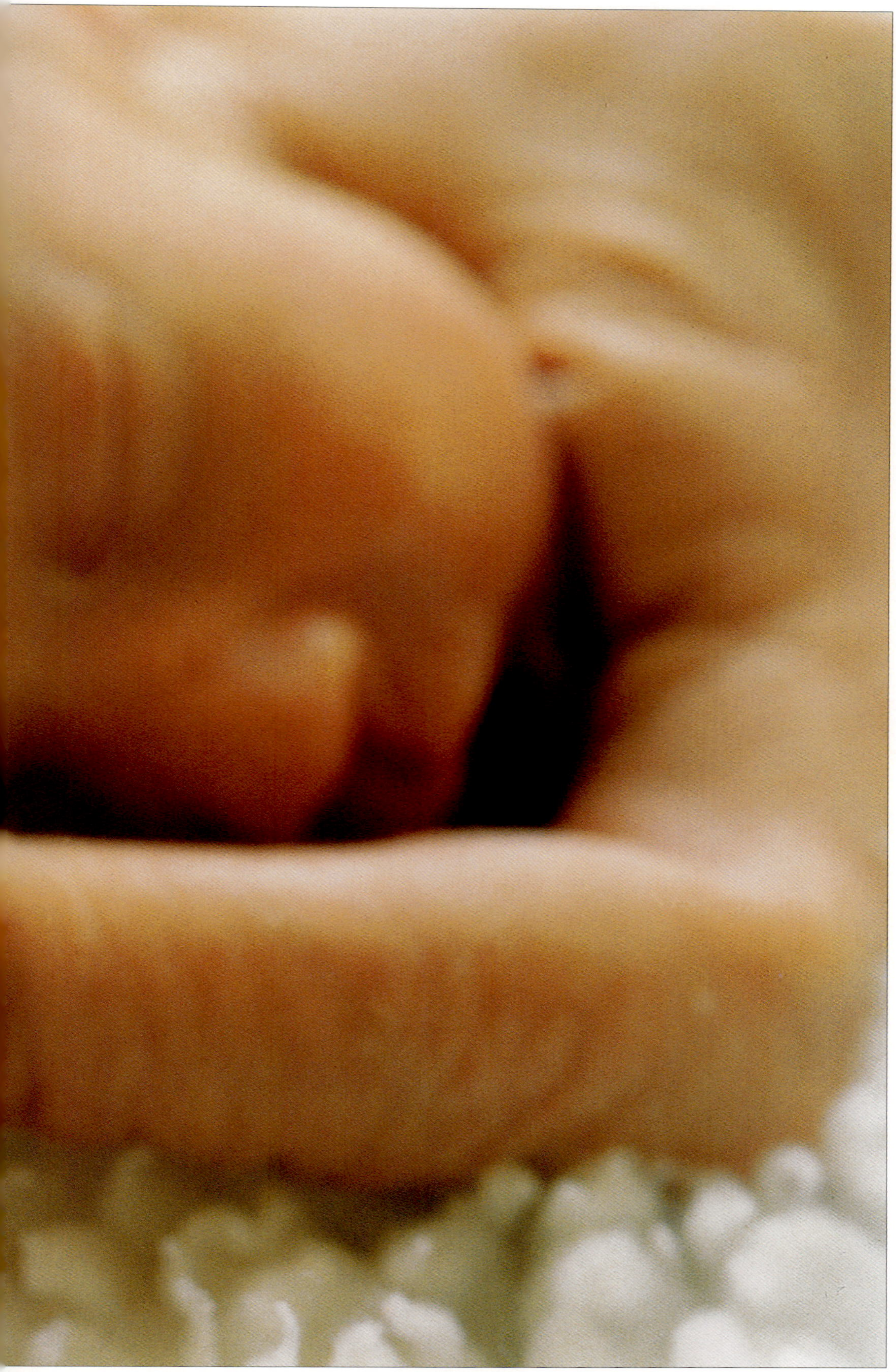

Haust schon
eine Seele
in dem
planvoll
organisierten
Zellenhäufchen?
Waren die lieben
Feen schon da,
die die Gaben,
die bösen Magier,
die die ersten
Komplexe bringen?
Die kleine Maschine
ist in vollem Betrieb;
das Herz schlägt,
das Blut wandert,
die Drüsen sezer-
nieren, die Lungen
schaffen Kohlen-
dioxyd ins Freie,
und die winzigen
Fingerchen, Zinken
einer Puppenkü-
chengabel, schließen
sich um die Finger
des gerührten Onkels.
Das Kind greift nach
dem, was ihm in die
Hand kommt.
Siehe, ein Mensch!

ALFRED POLGAR
Feuilletonist

Holland

Der Naschmarkt hat einen entscheidenden Fehler: Man kauft immer wesentlich mehr, als man essen kann.

PETER LAMMERHUBER
Medienberater

Schlachthof St. Marx

Anreißen.
Zusammenreißen.
Abeschmeißen.
Wie man so sagt.

(Musik und
Schlachtgeräusche)

Aufreißen
Aufschneiden.
Aufschlitzen.
Es is, wies is.
Eineziehen.
Einebiegen.
Einewürgen.
Wie man so redt.

(Musik und
Schlachtgeräusche)

Zusammenbinden.
Auswinden.
Anzünden.
I sag, wie ma so sagt.

PETER TURRINI
Schriftsteller

Das Wiener Schnitzel soll von jenem tiefgelben, goldbraunen Farbton sein, den man vom Hals der Stradivari-Geigen kennt. Wie manche Experten für die k. u. k. Wiener Küche behaupten, konnte der Oberkellner des legendären Restaurants Meißl & Schadn in jener guten alten Zeit nicht nur mit einer Rindfleisch-Karte aufwarten, sondern hielt für anspruchsvolle Gäste auch eine Schnitzel-Farbkarte bereit.

Reinhard Gerer
Küchenchef im Restaurant Korso

Das Schnitzel vom Herkner

Im Garten der Restauration Villa Aurora-Predigtstuhl am Wilhelminenberg

Wien soll Wien bleiben! BILLY WILDER · *Regisseur*

„Wiener Duo“ beim Heurigen Mayer am Pfarrplatz

I druck' mi' in mein Winkerl,
das ist mein stilles Glück,
i red' ka Sterbenswörtel,
i pfeif' auf Politik.
I laß die andern streiten,
trink' ruhig meinen Wein,
was kümmern mi' die Zeiten,
i will gern selig sein.

Rolf Schenkl-Ostry
Wienerlied-Dichter

Das Concordia ist ein wunderbares Gebilde, das aus alten Teilen zusammengesetzt wurde, die bereits gelebt haben, und

Das Café Concordia beim Zentralfriedhof in Simmering

wo die Spontanvegetation in Ehren gehalten wird. Daher ist es uns so vertraut. FRIEDENSREICH HUNDERTWASSER · *Maler*

Große Köpfe der Wissenschaften in der Aula der Universität

Es sollte nur Frauen geben, die den Mann nicht zum Werk lassen, oder solche, denen er das Werk verdankt. Jene, die ihn zum Werk lassen, habe ich im Verdacht, daß sie selbst an einem Werk arbeiten.

KARL KRAUS · *Polemiker*

Es erscheint als surreale Wunschvorstellung, daß eine bereits in der Malerei vorherrschende Irrationalität durch die Fotographie noch überhöht wird. So wirkt diese Aufnahme meines Fayencetafelbildes „Amerika“ an der WU gerade durch Hinzunahme einer Realität seltsam verfremdet. Es ist da in eine Erweiterung des Raumes, in eine Perspektive des Traums hineingeraten, die an Luis Buñuel oder Federico Fellini erinnert.

MAÎTRE LEHERB
Maler

8/III/95

Mathematische Fakultät

Der Mann war noch nicht auf der Welt, der zu seinen Gläubigen hätte sagen können: Stehlt, mordet, treibt Unzucht – unsere Lehre ist so stark, daß sie aus der Jauche eurer Sünden schäumend helle Bergwässer macht; aber in der Wissenschaft kommt es alle paar Jahre vor, daß etwas, das bis dahin als Fehler galt, plötzlich alle Anschauungen umkehrt oder daß ein unscheinbarer und verachteter Gedanke zum Herrscher über ein neues Gedankenreich wird, und solche Vorkommnisse sind dort nicht bloß Umstürze, sondern führen wie eine Himmelsleiter in die Höhe. Es geht in der Wissenschaft so stark und unbekümmert und herrlich zu wie in einem Märchen.

Robert Musil · *Schriftsteller*

General Motors

Das Bild einer zweifellos sehr modernen Montage-Linie löst bei mir blitzartig die Assoziation mit meiner eigenen, sehr altmodischen Mechaniker-Karriere aus, sie war kurz und hoffnungslos. Als ich in der Schule zum zweiten Mal durchgeflogen war, wurde ich vom Vater in eine Mechanikerlehre gesteckt. Bei einem heiklen Kunden, der fürchterlich im Streß war und aufgeregt auf den Ölwechsel seines Volvo wartete, überdrehte ich die Ablaßschraube in die falsche Richtung, was eine neue Ölwanne und einen kompletten Ein- und Ausbau des Motors (zwei Tage) notwendig machte. Ich kriegte Watschen und bekam Werkzeug nachgeschmissen. Danach taugte ich nur noch zum Wurstsemmelholen. Da ich es aber nicht schaffte, die Bestellungen von zehn Mechanikern auseinanderzuhalten (Wachauer, Semmel oder Salzstangerl, Krakauer, Braunschweiger oder Extra, Gurkerl oder Nicht-Gurkerl, Gösser, Schwechater oder Ottakringer), mußte ich in die Maturaschule und konnte daher nicht Mechaniker werden.

NIKI LAUDA · *Ex-Rennfahrer und Fluglinienbesitzer*

Wenn a Partie
so hinter mir steht,
dann weiß i,
daß i flieg'n kann ...

Rainhard Fendrich
Liedermacher

1. Wiener Gitarrenklinik

Modellhüte Wlasta in der Schulerstraße beim Stephansplatz

Die Wiener Hutmacher sind berühmt für ihre eleganten Kreationen. Sie haben mich zur begeisterten Hutträgerin gemacht.

Maria Rauch-Kallat
Bundesministerin a. D.

Stiefelmacher der Kanalbrigade

Stiefel sind ein altes Symbol feiner Leute. Feine Leute haben ihre eigenen Schuh- und Stiefelmacher, ebenso wie die Herren der Kanalbrigade. Dem unfreien Bauern hatte man im Mittelalter verboten, Stiefel zu tragen. Die Kanalbrigadiers befinden sich also in bester aristokratischer Tradition. Und wenn sie mit ihren Stiefeln durch die Kanäle ziehen, ähneln sie den alten noblen Landbesitzern, die über die Äcker ihrer Bauern einherschritten.

ROLAND GIRTLER · *Soziologe*

Entsorgungsbetriebe Simmering

Blitzendes Chrom kann nicht darüber hinwegtäuschen, daß anthropogene Aktivitäten in steigendem Ausmaß die natürlichen Kreisläufe aufgebrochen haben und die Gesellschaft dazu neigt, scheinbar einfache Lösungen wie die Müllverbrennung zu akzeptieren. Derartige technologische Krücken führen aber unter dem Einfluß wachsenden Umweltbewußtseins zu einer ökonomisch immer fragwürdigeren Aufblähung einer „end of pipe"-Technologie sowie zu einer unwürdigen Grenzwertdiskussion, stehen aber in krassem Widerspruch zu den Prinzipien einer ökologischen Kreislaufwirtschaft.

Die zentrale Frage einer ökologisch nachhaltigen Wirtschaft lautet: Wie kann der gesellschaftliche Stoffwechsel gestaltet werden, ohne unsere natürlichen Lebensgrundlagen zu gefährden? Die Funktionsfähigkeit der Biosphäre ist nur dann langfristig gewährleistet, wenn es gelingt, im Rahmen der Zielsetzungen einer nachhaltigen Entwicklung eine Reduktion der anthropogenen Stoff- und Energieflüsse zu erreichen. Dieser Weg unter Umsetzung des Prinzips der Müllvermeidung ist zweifellos der schwierigere, aber langfristig der einzig mögliche.

Madeleine Petrovic
Die Grünen

Abtragen eines Schlotes der Müllverbrennungsanlage Flötzersteig

Müllverbrennungs-
anlage Flötzersteig:
gefährlich und überflüssig.
Schließen und als Mahnmal
für verfehlte Umweltpolitik
unter Denkmalschutz stellen.

Hannelore Weber
Landtagsabgeordnete der Grünen, Wien

Unterführung an der A 23

Tunnelbau ist ein reizvoller Dialog mit dem Berg.

Horst Pöchhacker
Generaldirektor PORR AG

U 3 Landstraße

Die Tangente. Sie soll sich hilfreich und geschmeidig an die Hinterbacken der Stadt schmiegen, lästigen Verkehr absaugen und ihn elegant dorthin bringen, wo er hinwill; doch was wir in wütender Hilflosigkeit erleben, ist die Perversion der guten Absicht, der elegante Zu- und Wegbringer hat sich zum eigenen Monster ausgewachsen, als könnte er durch seine schiere Existenz den Verkehr verdrei- und vervierfachen und auf unerträgliche Weise verdichten, um ihn alsbald zischend und dampfend und voll böser Gefühle zum Stillstand zu bringen, die täglichen *bad news,* die wiederkehrende Leier vom Stau, ich staue, du staust, er staut, wir stauen, ihr staut, sie stauen, und dabei haben doch alle nur das beste gewollt: *Erleichterung,* flüssiges Fahren und Flutschen, schneller ins Weekend, flotter in die Hacken, und jetzt hocken wir da, Stinker an Stinker, wieso haben wir wieder einmal etwas so tausendprozentig falsch gemacht? Immerhin: Wir haben Zeit zum Nachdenken gewonnen, vor Ort.

HERBERT VÖLKER
Chefredakteur der Auto Revue

der tod
des todes
dem tod
den tod

der tod des todes
dem tod den tod

Ernst Jandl
Lyriker

40.000 Särge braucht die Stadt.
Sargwerkstätte Breitenfurterstraße

Fernheizwerk Simmering

Ich halt' es plus, des haaßt gut, weil de Leit sonst im Dreck ersticken.
Des is' o.k. – des is' zwar amerikanisch, aber des is' jetzt modern."

WALULISO · *Lebenskünstler*

Hausmusik in einer Ringstraßenwohnung

Das ganz private Kammerkonzert findet unter freiwilligen Interessenten in einer alten Patrizierwohnung am Donaukanal statt, zweiter Gemeindebezirk, wo eine polnische Emigrantenfamilie der vierten Generation ihre zwei Flügel und dazu die reichhaltige Partiturensammlung aufgeschlagen hat. Außerdem besitzen sie dort, wo ein anderer sein Auto hat, nämlich ihrem Herzen sehr nahestehend, eine Sammlung alter Instrumente.
Sie haben kein Fahrzeug, aber sie haben ein paar schöne Mozartgeigen und -bratschen und eine ganz auserlesene Viola d'Amore, welche an der Wand hängt, von einem Familienmitglied ständig bewacht, wenn die Kammermusik in der Wohnung ausbricht, und nur zu Studienzwecken heruntergenommen wird. Oder anläßlich einer Feuersbrunst.

Elfriede Jelinek · *Schriftstellerin*

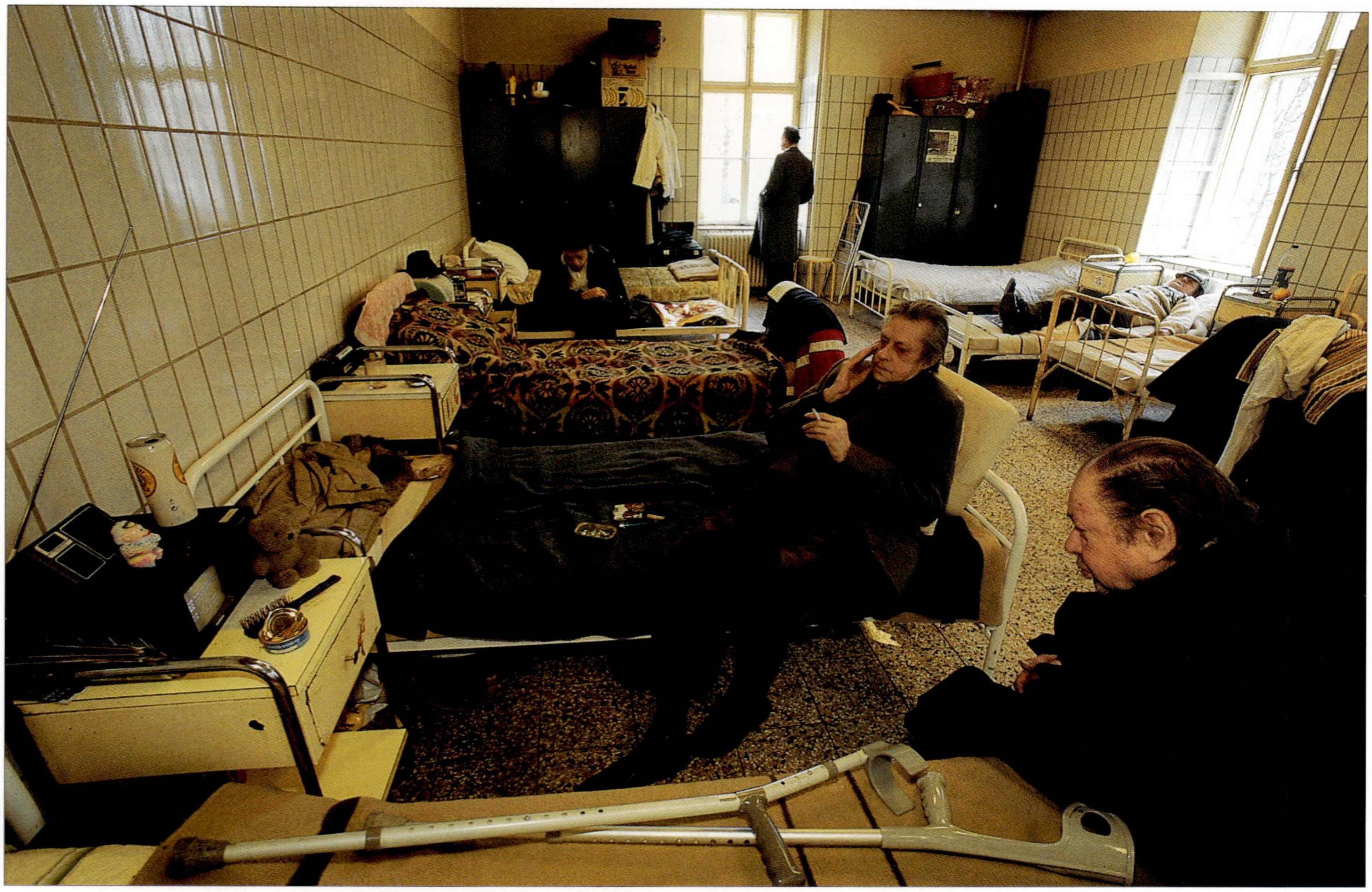

Das Obdachlosenasyl in der Meldemannstraße

Auf so wenig
kann der persönliche
Lebensraum eines Menschen
zusammenschrumpfen.

HELMUT SCHÜLLER
Präsident der Caritas Österreich

Wir haben Fürchterliches gesehen ... Auf verfaultem Stroh lagen Menschen zusammengepfercht, die ihre Hemden aus Sparsamkeitsrücksichten ausgezogen und neben sich gelegt hatten: Männer, Weiber, Kinder durcheinander. In einer Baracke sahen wir eine Frau, die ein neugeborenes Kind neben sich liegen hatte. Ich fragte sie: „Wo haben Sie entbunden?" Die Antwort lautete: „Hier." Hier, mitten unter den Männern und Kindern, unter sich die Glut, über sich die Winterkälte. Wir sind hinaus nach diesem Wort. Ich hatte gesehen und habe nun begonnen zu schreiben.

VICTOR ADLER · *Gründer der Sozialistischen Partei Österreichs*

Die Donauinsel

Weil strahlend schönes Wetter war, wollte Schreibmüller an einem Sonntag im März in die Natur hinaus.
Auf den Leopoldsberg und zu Fuß.
Da ich nun wirklich gerne mit dem Schreibmüller beisammen bin, ritt mich offensichtlich der Teufel, und ich willigte ein, an dem Ausflug teilzunehmen. Wir waren vorher frühstücken bei einer Videopräsentation über das Wirken Flatzens im Feihaus und fuhren dann mit der U 4 Richtung Heiligenstadt.
Auf dem letzten Stück ihrer Fahrt gerät die U-Bahn allerdings auf einer ziemlichen Strecke ins Freie. Ohne den Schutz des Schattens der Häuser erschien auf beiden Seiten ein strahlend blaues Firmament. Von Panik ergriffen, umarmte ich den armen Schreibmüller und bat ihn flehentlich, mir zu verzeihen, wenn ich ihn nunmehr alleine ließe, aber ich ertrüge das nicht.
Ich flüchtete zurück in die Stadt und habe sie seither nicht wieder verlassen.

HERMES PHETTBERG
Conferencier, Kolumnist
Lebenskünstler

Das rhythmische Schlagen der Ruderblätter beim Eintauchen ins Wasser, der ruhige, gleichmäßige Bootlauf, das leise Gurgeln des Heckwassers als Zeichen eines optimal durchs Wasser gleitenden Bootes. Allein mit sich selbst und dem Element Wasser, getrennt nur durch ein in den Wellen gleitendes Stück Holz, bereit zur intensiven Sinnesaufnahme der Natur. Wer weiß schon, wie der Herbst auf dem Wasser riecht?

CHRISTOPH SCHMÖLZER
Ruderweltmeister

Regattastrecke Neue Donau

Es müssen nicht immer Heurigen und Beisl, Kaffeehaus und Fiaker, Stephansdom und Schönbrunn sein. Denn auch jene Perspektive, die von Donauturm, UNO-City, Moschee, Minarett und Donauinsel geprägt wird, ist bereits zu einem unverkennbaren Teil des Ganzen geworden, im Bewußtsein der Menschen dieser Stadt verwurzelt und somit auch ein Beitrag zur Wiener Identität. Nicht nostalgisch rückwärts gewandt, sondern in die Zukunft gerichtet – und doch nur eine optische Zwischenbilanz, eine Momentaufnahme des ausklingenden 20. Jahrhunderts, bevor die Bauten der Donau-City die Skyline des neuen Wien wieder nachhaltig verändern werden.

MICHAEL HÄUPL
Bürgermeister von Wien

Die Friedensnobelpreisträger Adolfo Perez Esquivel und der Dalai Lama, UN-Menschenrechtskonferenz im Austria Center Vienna

Jelena Bonner, die Witwe Sacharows, und Jimmy Carter, UN-Menschenrechtskonferenz im Austria Center Vienna

Vom höchsten Aussichtspunkt der UNO-City sieht man an klaren Tagen den Kamm der Karpaten. Das sagt alles über die Lage: Wien ist ein guter Platz.

Bruno Kreisky
Politiker

Schlußworte der Rede von Franz Kardinal König zum Fest der Republik am 26. April 1995

Unser Land ist ein schönes Land mit einer großen Geschichte; es lädt uns ein, auch über die Grenzen hinwegzublicken, damit wir nicht in Selbstgenügsamkeit und Egoismus versinken. Ich habe es erlebt, wie wir keine Heimat und keinen Namen hatten. Heute bin ich dankbar und stolz, Bürger dieses Landes zu sein, das sich Ansehen und Respekt in Europa errungen hat. Der Vater im Himmel, den viele verehren und viele andere suchen, er halte auch in Zukunft schützend seine Hand über Österreich.

Wir danken allen, die unserer Einladung zur Kommentierung eines Bildes gefolgt sind, und mit ihrem Textbeitrag wesentlich zur Realisierung dieses Buches beigetragen haben.

Besonderen Dank an Herrn Roman Mayerhofer (Fa. Krammer) für die Obsorge und Umsicht, mit der er die lithographischen Arbeiten überwachte und Herrn Herbert Rosenkranz (Fa. Berger) für die besondere Druckqualität.

Weiters möchten wir für ihre Unterstützung danken:
Karin und Heinz Sobotka sowie Christine Redl und Adi Czernohorsky.

Für die Erteilung von Fotogenehmigungen danken wir folgenden Institutionen und Unternehmen:

Bestattung Wien Sargerzeugungsbetrieb, S. 196-197 · Burghauptmannschaft Wien, S. 61, 214-215 · EBS, S. 188-189 · For Music, S. 182-183
Gasthaus zum Herkner, S. 168-169 · Heeresgeschichtliches Museum, S. 65 · Hotel Orient, S. 98-99 · Institut für Geschichte der Medizin, S. 84-85
Jüdisches Museum der Stadt Wien, S. 144-145 · Kaisergruft bei den Kapuzinern, S. 72-73 · K.u.K. Hofzuckerbäcker Ch. Demel's Söhne, S. 122-123
KunstHausWien und Herrn John de Andrea, S. 10-11 · Kunsthistorisches Museum, S. 76-77 · MA 30, S. 149 · MA 43, S. 137 · MA 44, S. 18-19
Mechitaristenkongregation, S. 12-13 · Modellhüte Wlasta, S. 184-185 · Museen der Bundesmobiliensammlungen (ehem. Hofmobiliendepot und ehem. Hofsilber- und Tafelkammer), S. 60-61, 62-63, 66-67, 68-69, 70-71 · Nachtwerk, S. 96-97 · Naturhistorisches Museum, S. 4-5, 78-79 · Österreichische Galerie, S. 132-133
Österreichische Nationalbibliothek, S. 82-83 · Pathologisch-Anatomisches Bundesmuseum, S. 86-87
PORR AG, S. 124-125, 126-127, 160-161, 162-163, 164, 178-179, 190-191, 192-193, 208-209, 213 · Sigmund-Freud-Gesellschaft, S. 148
Theater in der Josefstadt, S. 16-17, 94-95 · Wiener Kriminalmuseum, S. 64 · Wiener Duo, S. 172-173

Quellenverzeichnis:

Victor Adler: Aus seinen Reden und Schriften, © 1947 by Wiener Volksbuchhandlung, Julius Deutsch & Co
H.C.Artmann: Das poetische Werk Bd. VI, hg. v. Klaus Reichert, Abdruck mit freundlicher Genehmigung
© Rainer Verlag Berlin/Verlag Klaus G. Renner, München & Salzburg, 1994 · Ingeborg Bachmann:
Gedichte • Erzählungen • Hörspiel • Essays, © R. Piper & Co. Verlag, München 1964 · Elisabeth v. Österreich: Das Poetische Tagebuch,
hg. v. Brigitte Hamann, © 1984 by Österreichische Akademie der Wissenschaften · André Heller: Die präparierte Welt,
© 1994 by Christian Brandstätter Verlagsgesellschaft m.b.H. · Fritz von Herzmanovsky-Orlando: Der Gaulschreck im Rosennetz,
hg. u. komm. v. Susanna Kirschl-Goldberg, Sämtliche Werke, Bd. 1, © 1983 Residenz Verlag, Salzburg u. Wien · Ludwig Hevesi: Acht Jahre Sezession,
hg. v. Otto Breicha, © Ritter Verlag 1984 · Alfred Hrdlicka: Das Gesamtwerk – Schriften, hg. v. Michael Lewin, © by Michel Lewin · Ernst Kein: Straße des Odysseus,
© 1994 by J&V • Edition Wien • Dachs Ges.m.b.H. · Ernst Jandl: Gesammelte Werke 2, © 1985, 1990 Luchterhand Literaturverlag GmbH
Elfriede Jelinek: Die Klavierspielerin, © 1983 by Rowohlt Verlag GmbH · Karl Kraus: Aphorismen, © Suhrkamp Verlag Frankfurt am Main 1986
Bruno Kreisky: Die Zeit in der wir leben, © 1978 Verlag Fritz Molden · Robert Musil: Der Mann ohne Eigenschaften, hg. v. Adolf Frisé, Bd.1,
© 1978 by Rowohlt Verlag GmbH · Alfred Polgar: Das Kind. In: Kreislauf, hg. v. Marcel Reich-Ranicki u. Ulrich Weinzierl, © 1983 by Rowohlt Verlag GmbH
Helmut Qualtinger/Carl Merz: Der Herr Karl, © Deuticke Verlag 1995 · Erwin Ringel: Die österreichische Seele, © by Europaverlag GesmbH
Gerhard Roth: Eine Reise in das Innere von Wien, © 1991 S. Fischer Verlag GmbH · Joseph Roth: In der Kapuzinergruft. In: Das journalistische Werk 1929-1939,
© 1991 by Verlag Kiepenheuer & Witsch · Peter Turrini: Sauschlachten. In: Turrini Lesebuch, © 1978 by Europaverlag GesmbH
Stefan Zweig: Das Buch als Eingang zur Welt. In: Begegnungen mit Büchern, © 1983 S. Fischer Verlag GmbH

Präsentiert wurde „Wien!"
in Falkners Villa Aurora-Predigtstuhl

ISBN 3-85058-110-1

Konzept: Lois Lammerhuber
Einband und Buchgestaltung: Bruno Wegscheider
Photoeditor: Silvia Lammerhuber

Reproduktion: Krammer Repro, Linz
Schrift: Walbaum condensed und Helvetica condensed light
Druck und Bindung: Berger, Horn
Papier: 170 g Magnostar glänzend, Leykam-Mürztaler Papier- und Zellstoff-AG, Gratkorn
und 170 g Mais Carta Integrale, Zöchling Papier, Wolkersdorf
95 08 8/40/1